U0025627
くるみ
The TestAmenT of SisteR New DeviL
新妹魔王的契約者 6
Kadokawa Fantastic Novels

東城刃更

Basara Toujou

➤澪和萬理亞的「哥哥」，能使用異能「無次元的執行」。

成瀨澪

Mio Naruse

➤前任魔王的女兒，刃更的新「妹妹」。

成瀨萬理亞

Maria Naruse

➤慫恿刃更和澪締下主從契約的「小妹」，蘿莉色夢魔。

野中柚希

Yuki Nonaka

➤勇者一族的少女，喜歡青梅竹馬的刃更。

野中胡桃

Kurumi Nonaka

➤柚希的妹妹，最近住進刃更家一同生活。

潔絲特

Zest

➤被刃更救回的魔族美女，誓言對他效忠。

長谷川千里

Chisato Hasegawa

➤刃更就讀學校的保健室美女老師。

「……今天晚上，想不想
狠下心來摧殘一下大姊姊呀？」

新妹魔王的契約者 6

The Testament of Sister New Devil

上栖綴人

插畫 大熊猫介

Kadokawa Fantastic Novels

彩頁／內文插畫　大熊猫介

The Testament of Sister New Devil

ConTeNts

——我沒辦法再繼續假裝下去了。

因為我實在不想——讓我這份心意成為謊話。

第1章 少女們的危險競速泳衣

1

繼澪和萬理亞之後，柚希也開始在東城家生活的某一天。

「——對了對了，刃更哥，學校規定的泳褲準備好了嗎？」

東城刃更晚餐後在客廳休息時，被萬理亞這麼問。

「還沒準備好……話說，好像下個星期就要上游泳課了嘛？」

刃更是在暑假過後的第二學期初轉學過來，現在學期已來到中段。在一般學校，這時期到明年夏季是不會上游泳課的。

——可是，刃更幾個所就讀的聖坂學園，有一座室內溫水游泳池。

因此一整年都能上游泳課，並不限於夏季。

然而刃更雖早早買了體育服和運動鞋，獨缺泳褲延到現在都沒買。那是因為儘管名義是上課，要下水就得換上泳褲，當然會露出大部分皮膚。

——畢竟東城刃更全身，布滿了過去某件遭遇所留下的無數傷疤。

普通人看見那麼多傷痕，一定會覺得不太舒服。

「……怎麼辦呢。」

刃更為此傷起腦筋。這時，晚餐後幫萬理亞收拾的澪像是告一段落，也來到客廳，在刃更身旁——沙發扶手上坐下。

「刃更，你是不是不想上游泳課……？」

「也不是不想上啦……可是還是會考慮一下。」

這些傷有如從前所犯下的消不去的罪孽刻出的爪痕，刃更必須一輩子背負它們。如今，他依然緊緊懷抱著對過去的悔恨，真的不希望輕易讓他人看見這些傷疤。

……而且。

希冀安穩校園生活的刃更，不想吸引太多旁人的目光。光是在自我介紹時就被柚希雙手擁抱，還被澪公開他們同居的事，弄得現在會和他正常對話的男同學只有瀧川一個。體育課時，刃更還能躲在更衣室角落，盡量不讓其他人看見他的傷疤，但游泳課可就躲不掉了。

再說，刃更目前不能加入任何社團或課外活動。

若從現在開始要交朋友，也只能從同班同學開始。

因此，在體育課上暴露自己滿是傷痕的身體，可能會使自己與班上男同學的關係真正地

第1章
少女們的危險競速泳衣

陷入絕望。

……明明老爸那麼會交朋友。

究竟是什麼造成這麼大的差別呢？

「……我問你喔。」

當刃更無奈嘆息時，澪忽然降下音調問道。

「該不會……是我害的吧？」

「放心，不是妳的——……」

刃更抬起頭，看見澪脖子上浮出淡淡的色彩。

那是主從契約的詛咒發動時會出現的項圈狀斑紋。澪多半是擔心自己造成刃更不方便上游泳課，歉意化成了罪惡感吧。刃更趕緊牽起她的手並溫柔地握住，說：

「不是啦，不是妳的錯……完全是我自己的問題。」

「……真的嗎？」

「真的。」刃更點頭回答不安地問來的澪。

就現況而言，現任魔王派魔族仍覬覦澪的力量，刃更的確是該避免讓自己也吸引不必要的注意；而且不只是現任魔王，殺害澪養父母的仇人——高階魔族佐基爾也想得到澪，還派出了戰力比瀧川更強的親信。

所以，一旦惹來周圍的注意，自己就得時時更加提防敵人是否趁機潛伏在附近。這會對精神造成不必要的戰前損耗，使得真要戰鬥時使不出應有的力量，非避免不可；不過讓澪替他為這種事鬱悶，實在一點意義也沒有。

「好了啦……表情不要那麼難過嘛。」

「啊——……」

刃更將澪的手用力一拉，摟起了她。

澪似乎是沒想到刃更會這麼做，就這麼錯愕地倒進刃更懷裡。在刃更溫柔的擁抱中，澪那對豐滿的巨乳緊緊地擠壓在他身上。

……冷、冷靜啊……

這也是為了澪好。儘管澪的甜蜜體香和她軟綿綿的肢體弄得心裡怦怦跳，刃更仍故作鎮靜，雙手環繞澪的腰。

並嘗試以自己的方式表現迅那副成熟的從容，對緊貼著他的澪說：

「否則我又要讓妳屈服囉……妳要這樣嗎？」

「————！」

澪聽了渾身一顫，整張臉都紅了。

……好，很順利……！

第1章

少女們的危險競速泳衣

只要她一生氣，就能沖散對刃更的罪惡感，所以刃更才強行作這種肌膚相親的事。只要讓澪搧個兩巴掌，事情就結束了。

至於屆時是澪氣得跑出客廳還是自己道歉閃人，都可以看著辦。很完美……這樣就不必讓澪受到無謂的羞辱了——

……咦？

可是這麼想的刃更遲遲等不到澪的手舉起來。

「？那個……澪？」

「…………………」

刃更忐忑地出聲一問，澪跟著默默將手伸向刃更的脖子。

咦，不會吧？不是甩巴掌，要用掐的嗎？要把我掐死嗎？

糟了，是不是太過分啦？刃更作勢防禦，但沒想到澪的雙手就這麼經過了脖子兩旁——直接繞到後面去。

然後也緊緊摟住刃更，使得澪軟嫩的身軀整個貼在刃更身上。

「咦……？」

而澪還對傻眼的刃更，以細得聽不見——有如床邊囈語似的說：

「…………如果刃更想要的話，可以喔？」

「！——呃，那個……澪小姐？」

咦？奇怪？怎麼會這樣？她怎麼突然說這麼可愛的話？

澪預料外的反應，讓刃更當場亂了方寸。

「總、總之，妳先冷靜一點……好嗎？」

刃更用力抓住澪的雙肩一推，成功分開雙方身體；可是緊張的他沒有抓好位置，結果兩隻手——左右十指都溜進了澪的Bra-T肩帶底下，嚇得他趕緊抽手。

「對、對不起……！」

可是辦不到。刃更雙手穿過的肩帶沒有回到肩上，而是滑到了上臂兩側。

澪形狀姣好的巨乳也跟著脫離Bra-T的拘束而晃盪，幾乎在刃更眼前露出它們的頂點。不僅如此，雖然兩人不再緊貼，卻因此進入最適合彼此相視的距離。

「…………」「…………」

刃更不禁盯著眼前的澪。澪那對映在刃更眼裡的雙眸，比剛才更為濕亮，彷彿做好了完全接受刃更的準備。也許是詛咒的催淫效果造成體溫上升吧，澪身上散發的體香就像在誘惑刃更似的濃烈撲鼻。

「……哥哥……」

接著，澪眼神迷濛地呼喚刃更。那是主從契約的詛咒發作時，澪希望刃更讓她屈服而撒嬌時的稱呼。

刃更「咕嚕」地吞吞口水。他想起了澪的柔軟，以及縱然害羞也被催淫效果拉進快感深淵的淫猥反應——還有那時候妖媚的表情。

讓他湧上一股，想直接將澪徹底蹂躪一番、使她再次對自己屈服的衝動。

這念頭才剛浮現，兩隻手就已經向澪伸去，想撫摸那對似乎也渴望被撫摸的豐胸——

「——給我停下來。」

「柚、柚希！」「——……！」

近在咫尺的制止聲，讓刃更和澪都嚇得急忙各自退到沙發兩邊。柚希像是剛泡好飯後茶，拿著盛放茶具的托盤，冷冷地垂眼瞪著澪。

「……才一離開我的視線就勾引刃更，妳果然是個狐狸精。」

「誰、誰是狐狸精啊！再說我又沒有誘惑刃更——」

拉回肩帶的澪慌張辯解時，電視螢幕忽然一亮。

『…………如果刃更想要的話，可以喔？』

「啊～這下真是一點說服力也沒有呢～」

「幹麼馬上就接上攝影機重播啊，萬理亞！」

「那個，妳是什麼時候開始錄的？」

在光火的澪一旁，刃更有些頭痛地問。

「說什麼傻話，我怎麼會錯過澪大人發浪的樣子呢？我就是為了這種時候，特地買了開機時間短的機型喔。」

澪決定用武力反擊自鳴得意的萬理亞。她一把扯下電視連接線，將攝影機狠狠砸在地上，客廳中激起「啪喀」的沉鈍破碎聲。

「啊────！」

「怎麼樣？這下妳就不能拍了吧！」

澪對抱頭慘叫的萬理亞毫不留情地這麼說，但萬理亞不知是怎麼了，「呵、呵、呵」地低笑起來，裝模作樣地從懷裡亮出某個信封。

「澪大人，您太天真了。我早就防範未然，為這台攝影機延長了五年含人為損壞的保固──好燙！啊啊！連保證書都燒掉也太過分了吧！」

「誰才過分啊，笨蛋！給我反省一點！」

萬理亞因為王牌被火焰魔法燒掉而哭著抗議，澪跟著滿臉通紅地罵回去。脖子上，已經看不見主從契約詛咒的斑紋。

……真是千鈞一髮……

東城刃更用力握起右手，然後鬆口氣摸摸胸口。

第1章
少女們的危險競速泳衣

青少年的衝動差點就戰勝理性，讓他對澪下手了。

柚希也和刃更一樣，為阻止了那種狀況鬆了口氣。

……真是一點也不能大意。

儘管如此，其實柚希自己也知道，澪並不是單純只是想勾引刃更。

——聽說，澪當初為了避免刃更遭受牽連，想把他趕出這個家。

不過刃更依然堅決希望保護澪，於是澪也以同樣堅決的態度，接受了刃更的心意；為了不讓自己拖累刃更，她如今也盡可能地試圖加強自己的力量。到這裡都還好，問題就是——

……在於方法上。

刃更和澪以魔法締結了主從契約，不僅能感知對方位置，若主從間的信賴關係加深了，還能提昇彼此的戰鬥力；但相對地，一旦澪對刃更感到內疚等對不起主人的念頭，就會引發與施術者魔力特性相應的詛咒。

因此——以萬理亞的魔力所締結的契約，對澪發動的詛咒具有淫魔的「催淫」效果。

開始同居後不久，由於自己親眼看看比較快，萬理亞就突然用力推了柚希一把；害她和刃更纏在一起摔在地上，惹得澪似乎是嫉妒心發作，詛咒馬上發動。之後，柚希目睹了刃更替澪解除詛咒的整個經過。

當時詛咒症狀很輕，隔著衣服揉揉胸就恢復了；但澪那副陷入催淫狀態而痴醉於快感的媚態，給了柚希不小的震撼。

……那樣明明就很誇張了。

不過聽萬理亞說，其實刃更和澪剛結下主從契約時，或對戰胡桃跟高志之前，都做過那次完全不能比的事，也因此一次次地加深了主從關係。

這讓柚希驚為天人。的確，澪仍在現任魔王派魔族的威脅下，也許真的必須反覆進行那樣的行為才能捱過嚴酷的戰鬥；可是——

……以後不能再讓成瀨同學專美於前。

所以萬理亞提議：「要不要像澪大人一樣，和刃更哥結主從契約呀？」時，柚希立刻就答應了。如此一來，不僅能得到能和刃更互相感知位置的戰略性益處，還有另一項更重要的原因。既然都搬過來同居了，柚希原想像以前那樣和刃更相親相愛；但只要被澪撞見那些親暱行為就會引發詛咒，反而害刃更需要對澪做那些更深入的肉體接觸，柚希說什麼也無法接受這種狀況。於是——

……再忍一下就好了。

滿月的日子就在下週。只要和刃更締結主從契約，自己的條件就會和澪對等；為了防止屬下爭風吃醋而造成主人的困擾，嫉妒不會再引發詛咒。到今天，澪和刃更的同居時間已經領先了柚希好幾個月，一定要設法彌補這段落後才行。

……當前的問題，是現在這個狀況。

為此，刃更與高志他們的對戰結束後，柚希也開始在這東城家展開同居生活。澪可能是因為刃更為了她而不得不對胡桃和高志這些兒時玩伴兵刃相向，並在刃更身邊看著雙方關係沒有完全修復就各走各的路而感到自責吧；即使是柚希也能看出，澪與她互動時總是有些緊張。剛才和刃更說到游泳課而引發詛咒，多半也是這件事的後遺症。

……可是。

澪的痛苦已經夠多了，沒必要為這種事自責；再說……若她因此自爆似的觸發詛咒，讓刃更見到她屈服的淫亂模樣，對柚希而言也是一大問題。所以——

「刃更……我想你還是去上游泳課比較好。」

「為什麼？」

柚希一面端出斟了茶的杯子，一面對意外地反問的刃更說：

「成瀨同學的自我意識有點過剩。如果你請假，害她又認為是自己的錯而發情那就麻煩了。」

「什、什麼發情啊……我哪會做那麼不要臉的事！」

澪羞惱地反駁柚希。
「再說，誰自我意識過剩啊！」
「澪大人，請您的手不要在這種狀況下用力啊，否則我的生命會非常危險！」
被澪掐著脖子的萬理亞倉皇地掙脫她的手，並說：
「話說……我也認為刃更哥的確該上游泳課。目前這些與澪大人相關的事態，以後還不知道會怎麼演變；難保不會有變得很難去上課，或是暫時別去學校會比較好的時候。所以，在可以的時候應該要盡量確實出席比較好。不然──」
萬理亞接著說：
「要是澪大人她們都升級，只有刃更哥一個留級，就會造成哥哥變學弟的怪異狀況……奇怪，這種倒錯的感覺也滿不錯的嘛？」
「不錯個頭啦。不過妳說得也對，那種狀況是真的很糟。留級以後，想交朋友好像會比現在更難……還是不要請假好了。可是現在才訂泳衣，好像趕不上下星期的游泳課耶？」
刃更無奈望天似的說。
──的確沒錯。柚希心想。之前她們一年B班女生有人泳衣弄丟時，曾拜託班導坂崎請學校向泳衣製造商訂貨，花了近兩週才送到。這時萬理亞回答：
「刃更哥請放心，我知道聖坂學園指定的泳衣工廠是哪間。只要到直營網站上買，三個工作天以內就會送過來，一定來得及的。」

「真的嗎？那真是太好了……妳怎麼會知道這種事啊？」

萬理亞呵呵笑著回答不解的刃更說：

「你看，澪大人的胸部不是有點異於常人嗎～所以一般成品的胸圍或腰圍一定會有一部分不合嘛……是吧，澪大人～？」

「妳、妳幹麼亂洩漏別人的個資啊……笨蛋！」

澪紅著臉罵過萬理亞後，尷尬地轉向柚希和刃更說：

「……春天身體檢查的時候，長谷川老師勸我說如果資金充裕，可以直接向工廠訂做。她的胸部也很大很大，競速泳衣一定要訂做才穿得下，所以對這方面很了解的樣子。」

然而——

「我上過他們的網站，發現訂做其實滿貴的，所以最後就沒訂了……雖然只是要做合身的泳衣，可是我又不是運動員，也不想把三圍告訴別人。如果真的想合身，除了自己到工廠讓人家量，還要交照片給人家做參考耶？」

澪嘆口氣說：

「所以我之前是直接買成品，再請萬理亞用魔法讓它合我的身，這樣還快多了。」

「……難怪成瀨同學的怪體型穿得下那種泳衣，我就知道背後一定有鬼。」

聽了萬理亞的說明，柚希在第一學期時游泳課上得來的疑問終於獲得排解。這時——

「隨便用魔法解決事情是不太值得鼓勵啦，不過在這個情況應該是無所謂吧。這也不是明明不舒服還要硬逼自己做的事。」

刃更開口了。

「那萬理亞，等等把工廠網站告訴我，我去訂一條。」

「知道了……對了，我剛想到一件事想問一下。」

萬理亞對刃更點點頭後突然轉向澪說：

「澪大人，您要不要另外買一件競速泳衣呀？」

「為什麼我也要買？」

萬理亞對疑惑的澪「唔呼呼」地笑了起來。

「澪大人您真是的，還裝什麼蒜呀～結了主從契約成為刃更哥的部下以來，他每次讓您屈服的時候都狂揉胸部那麼久……讓原本就很雄偉的胸部又長得更大，現在內衣和泳衣都快擠不下了吧～」

「！——……」

被萬理亞這麼一說，澪整張臉紅了起來，兩隻手急忙遮住胸部。

這反應，簡直是默認萬理亞所言不假。

第 1 章
少女們的危險競速泳衣

……我就知道。

萬理亞說的事，其實柚希也察覺到了。這個大奶媽……還以為她是正在發育才不知羞恥地繼續長下去，結果居然是被刃更揉大的。

不可原諒……當柚希心中燃起妒嫉又羨慕的熊熊火焰時——

「哎呀～澪大人真是的，反應怎麼這麼青澀呀。我這個夢魔怎麼會沒發現那麼誘人的變化呢？或者說，連刃更哥都發現了，我怎麼可能沒發現嘛。」

「咦——！」

萬理亞的話讓澪錯愕地向刃更一看。

「…………這……」

刃更紅著臉，尷尬地將視線從澪移開。

「…………！」

見到這反應的瞬間，澪不只是臉，就連整條脖子都染成了玫瑰色。

「有什麼好驚訝的……刃更哥揉了那麼多次澪大人的胸部，當然會察覺觸感和大小的變化呀。」

萬理亞還從懷裡拿出捲尺對她說：

「穿尺寸不合的衣物，會讓您難得的美妙胸形走樣喔。不如趁現在買件新泳衣，為您那對在各方面都變得很色的胸部找個合適的家吧。來吧，澪大人，這都是為了胸部啊，首先就請您把那對色奶奶露出來吧！」

「哪有人雞婆到這種地步的啊！告訴妳，我現在的泳衣就穿得很高興了啦。」

澪抗議道：

「再說，假如我的……那個，胸部真的稍微變大了點，泳衣穿不太下了，也可以用魔法改尺寸啊，根本不需要買新的吧！」

「這樣啊……既然澪大人寧願維持現狀，那我也無所謂就是了。」

萬理亞唏噓嘆息，轉向柚希問：

「那麼柚希姊──怎麼樣啊？要不要買件新泳衣呢？」

「……我？」

「不用吧……柚希平常都有上游泳課，自己有泳衣啊。」

「就是啊，而且野中沒必要換尺寸的吧！」

「的確，柚希姊現在的競速泳衣應該是沒什麼大問題……」

萬理亞點著頭對各執異論的刃更和澪說：

「可是……現成的泳衣怎麼說都是現成的。如果仔細配合柚希姊做些變化和調整，就能將她的身體曲線烘托得更美……像澪大人那樣。」

第1章
少女們的危險競速泳衣

接著——

「女孩子會想盡可能把自己打扮得漂漂亮亮，可說是一種本能……而且柚希姊也想像澪大人一樣和刃更哥締結主從契約吧？要不要把現在這件只有班上女同學會看到的泳衣當作游泳課專用，另外買一件讓自己更美，專門穿給刃更哥這個主人看的泳衣呀？」

「先等一下，我還沒完全答應和柚希結主從契約——」

「如果我買新泳衣，變得更漂亮……刃更會高興嗎？」

柚希打斷插嘴的刃更向萬理亞問。

「那當然呀……不管刃更哥嘴上怎麼說，他也是個實實在在的男孩子。只要交給我來辦，包準他馬上會忘記某個白白把被他揉大的胸部塞在小不啦嘰的泳衣裡，都快擠爛了還說沒關係的低女子力女生喔！」

「拜、拜託喔……！」

柚希沒理會被萬理亞挑釁得一肚子氣卻無法反駁的澪，用力點點頭——並說：

「……那好吧。我也要買新泳衣——所以，幫我把女子力衝得比成瀨同學更高吧。」

2

到了下週。

早男生一天的女生游泳課前夕，澪和柚希放學回家後，發現在網路上訂的刃更和柚希的泳衣已經送達。

「來，在明天上課前趕快試穿看看吧！」

萬理亞躍躍欲試地催趕柚希，還硬說只讓柚希一個穿泳衣不公平，弄到最後所有人都要陪柚希一起穿。

「受不了……怎麼會變成這樣啊？」

澪從自己房間一手拿著春天買的競速泳衣出來後，發著牢騷下到一樓前往更衣間。刃更不需要改變泳褲尺寸，已應她們的要求換好裝，在客廳等女生一起在更衣間換泳衣。

——沒買新泳衣的澪，並沒有試穿的必要；會接受萬理亞的提議，是覺得只讓柚希穿泳衣會發生很危險的事。

……因為。

第①章
少女們的危險競速泳衣

第一次上游泳課時——澪的目光就完全被柚希吸引住。

平平穿的是一樣的泳衣，柚希卻散發著與澪和其他同學不同層次的透明美，令人屏息讚嘆。就連同是女性的澪都有這種反應，刃更多半是不堪一擊。可是——

……我、我不能輸……

澪懷著對柚希的競爭心，打開更衣間門進了去。

「柚希姊，小心……慢慢把刀片伸到線和布料中間去。」

「……這樣？」

隨後，原以為一定會先換好泳衣的柚希，正聽從萬理亞的指示，對自己的泳衣不曉得做些什麼。

「沒錯，就是這樣，慢慢水平橫拉刀片……太漂亮了！」

萬理亞出聲誇讚的同時，某個白色物體從柚希的泳衣脫落，掉在更衣間地上，接著柚希像是終於放下心中大石般輕吐口氣。

「……妳們兩個在幹什麼？」

她們是在拆標牌嗎——原這麼想的澪無意間往地上的東西一看，立刻明白那是什麼，突然驚愕大叫：

「——喂！妳們到底在搞什麼啊！」

柚希割下的不是標牌，而是縫在泳衣胯下部分內側，避免重要部位的形狀直接浮現在泳衣上的底墊。

萬理亞對一時說不出話的澪豎起食指「噓～」了一聲，說：

「澪大人，請小聲一點……柚希姊這麼努力要給刃更哥驚喜，如果太大聲破哏了不就白費掉了嗎？」

「驚什麼喜啦……野中，妳知道穿那種泳衣會變成什麼樣子嗎？」

澪難以置信似的問，只見柚希一手拿著美工刀，點點頭說聲「當然」。

「萬理亞很親切……我問她怎樣能討刃更開心，她就全都告訴我了。」

話一說完，兩胸的水餃墊也被她俐落割下。

「！——萬理亞！」

澪瞪來責難的目光，但萬理亞卻毫不懼怕地笑著說：

「喔？怎麼啦，澪大人？柚希姊說她想盡量把自己的泳衣調整得更討刃更哥喜歡，而我也沒說謊呀。透明材質的內衣褲不是比較煽情嗎，泳衣也是一樣。要讓正值青春期的刃更哥高興，這當然是最簡單確實的方法嘛。」

怎麼樣？

「我還有預備的美工刀，澪大人不嫌棄的話也拿去用吧。」

「開、開什麼玩笑！野中還有一件舊的，我只有這一件耶！割掉以後，妳要我怎麼上明天的游泳課啊！」

「我就知道您會這麼說，所以不才萬理亞……連您的份也一起買回來了！鏘鏘～」

澪滿臉通紅地大叫後，萬理亞雙手提起全新的競速泳衣。

「真是的……您身為刃更哥的僕人，這種事原本是該搶著做才行啊，怎麼能輸給柚希姊呢……澪大人，您不害羞啊？」

「穿那種泳衣才更害羞吧！」

澪的正面反駁引來了柚希的意外反應。

「刃更會高興耶，妳為什麼不做？那妳幹麼和刃更結主從契約？」

「當然是為了緊急的時候感應彼此的位置啊！」

「受不了。刃更為了保護澪大人犧牲了那麼多……澪大人卻連為了他稍微丟一下臉都不要。」

「！……我是……」

「算了，這樣也好啦。刃更哥人那麼好，就算澪大人穿普通的泳衣，也一定會誇您漂亮的啦。不過呢，泳衣跟路邊石頭一樣普通的澪大人，和為了刃更哥鼓起勇氣改造泳衣的柚希姊，哪一個比較會吸引刃更哥的目光，只要兩個人出去比一下就知道了。」

萬理亞刻意地對表情苦悶的澪嘆息說：

「來吧，柚希姊。不要理這個死腦筋，快去讓刃更哥看看妳的新泳衣吧。我也為了這個時候特別準備了一件學生泳衣，所以……說不定到時候，會有點對不起之後穿著普通泳衣過來的某個可憐蟲，就請妳盡量當做沒看到。那個人身體好像有點見不得人，請多包涵喔。」

「嗯……知道了。」

彼此點個頭後，萬理亞和柚希就為了換泳衣而脫下衣服。

見到自己完全被她們晾在一邊，成瀨澪終於忍無可忍，微顫著肩向萬理亞伸出一手。

「…………好啊，萬理亞，把美工刀借給我……」

並半自暴自棄地噙著淚說：

「既然被妳說成這樣，我就跟妳拚了……！」

3

東城刃更人在客廳等著。

他照著萬理亞的指示，穿上剛送來的泳褲，上半身打著赤膊。

第1章
少女們的危險競速泳衣

「……好像某種懲罰遊戲喔。」

換上泳褲到現在，刃更已經獨自在客廳等了近一個小時。

他利用這段時間進行每天都會做的重訓，可是把平時的流程做了一輪，她們還沒現身。

「沒辦法……再來一點吧。」

「哎呀～久等了，刃更哥。幫澪大人和柚希姊稍微多花了點時間處理，不過你絕對不會失望的，保證值回票價喔！」

正當刃更想開始第二輪時，萬理亞春風滿面地來到客廳，對他高豎大拇指。

「……妳心情也太好了吧。話說回來，妳怎麼穿那樣啊？」

刃更會疑惑地問，是因為萬理亞穿的是深藍色的學生泳衣。

雖然是說好大家都穿泳裝，可是沒上學的萬理亞換上學生泳裝，實在有點莫名其妙。

「最能凸顯我魔鬼蘿莉身材的泳衣，當然非學生泳衣莫屬啊……刃更哥，你需要多充實這年齡該有的知識喔，否則我會很傷腦筋的。」

「妳要我記住的知識明明全部都歪到不行……不要把調教類的色情遊戲之類亂七八糟的東西當成課本好不好？」

「這我可就不能同意了。即使是刃更哥，我也不能隨便你亂說話，我這個人再溫良也是會生氣的喔？調教遊戲到底有哪裡不好啊！」

「主要是年齡限制啦！」

因為色情遊戲被嫌而發飆，妳這是哪門子的幼女啊？

「……那澪和柚希怎麼了？已經弄好了吧？」

「啊，差點忘了……聽見調教遊戲被刃更哥侮蔑，害我稍微分心，忘了自己還要請她們兩位進來呢。」

萬理亞一說完，兩名少女就從走廊進入客廳。

「——————」

剎那間，東城刃更不禁抽了口氣。

他是第一次見到澪和柚希穿競速泳衣的模樣，完全看傻了眼。

「…………」「…………」

她們身穿同樣款式的泳衣，神態都很靦腆。

——可是，刃更的眼睛卻離不開她們。

澪最近胸部又大了一號，為她驚人的比例再添姿色。

柚希臀腿之間的眩目誘人線條，展現出卓越的身段。

兩人的泳衣模樣，完全奪去了刃更的意識和目光。

「…………！」

因此，東城刃更不一會兒就明白萬理亞說的「多花了點時間處理」是什麼意思，以及澪和柚希這麼害羞的原因。

「怎麼樣啊，刃更哥？和澪大人和柚希姊完全貼身的泳衣破壞力是不是很凶殘呀？她們兩位都非常美麗吧？」

「「…………！」」

一聽萬理亞帶著賊笑這麼說，澪和柚希都害羞地渾身一抖。

——儘管如此，東城刃更依然目不轉睛地看著。

看著澪和柚希泳衣底下浮出的胸部尖端，以及股間那撩人的夾縫。

成瀨澪頂著紅通通的臉，感受刃更打在她身上的視線。

被刃更盯著看，意識就不由得集中在那些地方。

……討、討厭……！

所以，她怎麼也無法阻止自己的胸部尖端，在刃更的注視下愈來愈硬。

如果連下、下面都有反應——一這麼想，就好想趕快用手遮起來。

——可是澪拚命忍了下來，因為柚希就在她身邊。

割下水餃墊和底墊，又被萬理亞用魔法讓泳衣完全貼身的，可不是只有澪一個。柚希也在同樣條件——同樣狀態下，站在這裡。

她的胸部尖端和澪一樣凸浮，私處也同樣有條縫。

而且——她和澪一樣地害羞。

儘管如此，她還是毫不遮掩地將自己展現在刃更眼前。

「…………！」

所以激起了澪不服輸的心理，繼續撐下去。

「……怎麼樣啊，刃更哥，她們是不是都很棒呀？」

「！……呃，當然……那個、就……！」

一旁萬理亞丟出的問題，讓刃更突然語無倫次。

……啊……

刃更如此慌張的反應，稍微緩和了澪和柚希的緊張；使她們即使害羞，也找回部分精神的餘裕，帶著賊笑捉弄刃更似的問：

「刃更……你在看我和野中的哪裡呀？」「……給我誠實回答，刃更。」

「呃，妳們兩個穿成這樣……我怎麼可能不看啊。」

聽見刃更投降似的這麼說，澪在心中偷笑。平常自己總是在刃更手下向他屈服，偶爾反過來鬧他也挺有趣的。

「——時間差不多了，我們到浴室去吧。」

這時，萬理亞說了這樣的話。

「為、為什麼要到浴室去啊？」

萬理亞呵呵笑著替刃更解惑。

「不必擔心。這件事啊，我已經和澪大人跟柚希姊談妥了。」

「！……妳們真的答應啦？」

「…………嗯。」「沒關係……」

澪和柚希對錯愕地看來的刃更用力點頭。

的確——她們事先聽萬理亞說過，場地會換到浴室去。

然後，自己可能會在那裡被刃更做些什麼。

因此，澪和柚希跟著被萬理亞牽著走的刃更，前往浴室。

「——來吧，刃更哥，請往這邊走。快樂的時間要開始囉♥」

——她們會這麼晚才到客廳，並不只是因為處理泳裝。

除了明天的女生游泳課，明晚還有一件重要的事要做。

那就是，在人界只能趁滿月之夜進行的魔法儀式——主從契約。

要締結契約的是刃更和柚希。不過在那之前，萬里亞提出了一個要求，那就是——

「——接下來，要請各位在浴室好好加深主從之間的感情。」

前往浴室途中，萬理亞轉過頭說：

「這是明天，刃更哥和柚希姊結主從契約之前一定要做的事。」

「先等一下……那是什麼意思，我怎麼完全聽不懂？」

「柚希姊要和刃更哥結契約，就需要和同樣是屬下的澪大人和睦相處。如果真的吵起架來，扯了主人刃更的後腿，就沒有資格當屬下了。」

萬理亞將之前對澪她們說過的，再解釋一次給疑惑的刃更聽：

「不只是柚希姊，澪大人和刃更哥也要聽進去。你們兩位要誠心認同柚希姊是刃更哥的新屬下，並接受她的加入。從今以後，應該還有很多前所未有的強敵在等著我們；只要團隊行動出了一個差錯，可能就會造成攸關性命的危機。我剛才也說了，這件事已經取得了澪大人和柚希姊的同意——現在，只剩下刃更哥了。」

「呃，可是我……」

「我了解。刃更哥還不確定該不該讓柚希姊結主從契約吧？」

萬理亞對表情糾結的刃更點點頭說：

「——所以啊，刃更哥，換個角度想怎麼樣？把這次當作你和柚希姊結主從契約，是不是真的不要緊的測試吧。」

「測試……？」

刃更蹙眉反問後，穿著泳衣的萬理亞點頭答是。

「我想你在擔心的，是用我的魔力結契約，你或柚希姊甚至澪大人，可能有一天會後悔吧？」

「…………」

對這問題，東城刃更以表示肯定的沉默回答。

——主從契約魔法是魔族的魔法，因此刃更與柚希結主從契約時，只能利用澪或萬理亞的魔力來施放。若以繼承前任魔王威爾貝特的力量的澪來施放，柚希說不定會在詛咒發動時被重力魔法壓成肉塊；換言之，柚希一旦要和刃更結契約，就會像澪那樣遭到夢魔萬理亞的催淫特性束縛，沒有其他選擇。

可是——柚希並不知道強力的催淫詛咒發動起來，自己會變成什麼樣。

只以戰鬥面論，和澪結主從契約並沒有錯。若戰鬥力沒有因為主從關係加深而提昇，多半是打不贏使用靈槍「白虎」的高志幾個。

……可是。

像前幾天在客廳發生的那樣，澪主動摟抱刃更的事，是結主從契約前從未料想過的。

——不用說，澪那種反應多半是受到了催淫詛咒的影響。

可是刃更在結主從契約之前，就算只是鬧著玩也絕對不會那樣抱澪，再說他根本不敢。

而且最近，他對澪開始產生類似獨占慾的情緒。

想將澪當作妹妹、當作家人來呵護之外——有時也會湧起某種衝動，想獨占她的一切。

當然——對刃更這年紀的男性來說，這或許是正常反應。和沒有血緣關係的女性住在一個屋簷下就夠危險了，澪和萬理亞又都是極品美少女，情況更是嚴重。能保持理性到現在，已經值得讚許了。

另外，在許多事情上，都能感到彼此的信賴關係確實有所加深。對於未來在戰鬥中存活、突破種種困難，勢必會是一大助益。

——但儘管如此，要利用肉體快感刺激彼此主從意識而加深關係，相對的，刃更和澪的關係也就再也不會是普通的家人或兄妹。這也是不爭的事實。

然而，現在也不能解除主從契約。要對付覬覦澪的現任魔王派，以及佐基爾和他的手下，自己目前的戰鬥力仍相當無力。

……而且。

第1章 少女們的危險競速泳衣

日前，在都心鬧區約會途中柚希突然消失時，刃更嘗到了急得幾乎快發瘋的焦躁。為了戰勝未來的強敵，為了保護澪、萬理亞和柚希，與柚希締結主從契約無疑是個有效的手段。

……不過。

擊退高志等人後，刃更原以為再也見不到柚希，現在竟又這樣子住在一起，終於有機會和她恢復從前的關係。

在這情況下，若與柚希結下主從契約，藉快感使她屈服——即使從小一起長大的事實不會改變，往後也可能無法維持過去的關係；能往好的方向變化就算了，但不是不可能變差——一這麼想，刃更就怎麼也下不了決定。

「——所以說，要在結主從契約前測試一下呀。」

萬理亞說：

「測試柚希姊她對於成為你的屬下是不是真的一點抗拒也沒有……還有你能不能真正讓她屈服，以及澪大人能不能認同你們兩位的關係。」

恐怕萬理亞是打算——要讓柚希看看刃更他們之前做過的事——更要她親身體驗、明白主從契約真正的面貌。想加深主從關係，主人需要讓屬下表現的屈服，遠比解除發作的詛咒時強烈。萬理亞就是要在明天正式進行前先做個測試，觀察刃更和柚希結主從契約是否真的沒有問題。

「…………我知道了。」

於是，刃更頷首表示同意。接下來，大家多半會像往常那樣，被逼著做些萬理亞這個夢魔會高興的事。

但儘管無奈，東城刃更還是答應了。因為如果連這點事都做不到就結下主從契約——自己遲早一定會後悔。

4

「那麼，刃更哥請坐在這張椅子上……澪大人和柚希姊呢，請準備幫刃更哥洗澎澎。」

「…………！」

聽萬理亞笑嘻嘻地這麼說，成瀨澪吞了吞口水。澪和柚希在更衣間換泳衣時，就被萬理亞指導過該怎麼替刃更洗澡。所以——

……只不過是這樣，根本不算什麼……！

澪打起精神振奮自己。現在刃更已不是勇者一族，卻被澪捲入她與現任魔王派的戰鬥中，還不得不與兒時玩伴大打出手。

在學校和日常生活方面，刃更為了澪著想，也只好摸摸鼻子接受隨之而來的諸多限制。因此，澪無論如何也不想讓自己懷有對不起刃更的想法，以報答他的心意。

……可是。

儘管如此，澪也不想只是單方面享受刃更的溫柔和呵護。

倘若自己能做些刃更會高興的事，澪什麼都願意做。

——而柚希一定也是如此。

五年前那場悲劇發生時，柚希被刃更救回一命，卻只能眼睜睜看著刃更遭到逐出「村落」的命運，似乎一直後悔到今天；日前高志和胡桃對戰時，也讓刃更為她擔了不少心。她應該不會認為，與刃更結下主從契約就能輕鬆償還那些債吧，總之她說過只要能多少幫上他一點忙，這點犧牲不算什麼。當然除此之外，她也說過現在只有澪一個和刃更結主從契約、能屈服在他手下的狀況並不公平就是了。

……沒錯。

無論是為了澪還是柚希，刃更都犧牲了太多太多。

這是一個能夠稍微報答他的機會啊。對自己這麼說之後——

「！……開始囉，野中……」「……沒問題。」

澪先起頭，身旁的柚希跟著回應——接著兩人面對面，各自拉下肩帶脫起自己的泳衣。

「！——」

只見坐在浴椅上的刃更吞了口氣。不過大概是從之前萬理亞的說明，猜到澪她們會做些什麼樣的事了吧，儘管紅了臉頰，也沒有別開視線或嘗試制止。刃更要以主人的態度，接受澪這個屬下為他做的事，並評定柚希是否能成為他的屬下。

「…………！」

思及此，澪和柚希就顧不得害羞，只剩下希望報償刃更的心意；一將手穿出左右肩帶，就雙手抓上胸口的泳衣，鐵了心向下一拉。兩人的胸就這麼水壩決堤似的湧了出來——連尖端也完全暴露。接著，泳衣一直被拉到肚臍也快露出來的位置——

……！……啊啊……

又被刃更看見了。一這麼想，澪體內深處就羞得發燙。

並開始想像自己待會兒會對刃更做些什麼、被他做些什麼。

可是，澪同時也下定決心。都到了這個地步，已經來不及喊停。

「…………」

於是澪打開沐浴乳的蓋子，倒在胸部上，黏稠的液體隨即沾滿她的胸部和乳溝。然而，她沒有直接接到刃更身旁，而是轉向同樣拉下競速泳衣，袒露雙乳的柚希。

「野中……」

「……嗯。」

柚希跟著點個頭，對澪跪下；澪也跟著跪在地上，與她在同樣高度紅著臉對看。然後，她們當著刃更的面，將手繞到對方背後——同時緊密相擁，以刃更能看得最清楚的角度，猥褻地蹭動彼此的胸部。

「啊……！」

「怎麼啦，刃更哥……這沒有什麼好驚訝的吧？」

萬理亞呵呵笑著對驚訝得叫出聲的刃更說：

「為主人提供視覺娛樂，也是屬下的工作喲……」

澪她們現在做的，就是這樣的事。澪和柚希絕對沒有這方面的興趣。

可是只要刃更高興——澪就抱著這麼一個簡單的想法，不停將她那對被沐浴乳淋得滑溜溜的胸部和柚希互相摩擦，不只擠成煽情的形狀，還發出「咕啾咕啾」的聲音搓出成堆的泡沫。

「……！……討厭、我怎麼……！」

觸感明明只是很癢，不過刃更在看——澪和柚希體內深處因這個事實凝結起一團甜美的熱，使得胸部尖端逐漸強調起自己的存在。

「！……成瀨同學，我……」

不知所措的柚希嬌羞地問。澪這才看見，自己眼前那個尚未結下主從契約而不熟悉肉體快感的少女，已在不知不覺間露出妖豔的女性表情。

「野中……」

從平常喜怒不形於色的柚希，實在很難想像會有這樣的表情。這也使澪明白，自己正在做多麼淫蕩的事。

……這、這都是為了刃更……

儘管如此，這樣的想法還是讓澪做了萬理亞事先交代的事。她兩手托起胸部，對準彼此胸部尖端，並畫著圓互相摩擦起來。

「嗯！……啊……不、嗯……呼……」「！……啊、哈啊………嗯！」

澪和柚希對這動作都不習慣，一開始顯得有些拙稚；後來慢慢地抓到訣竅，變得極為順手。一轉眼，四個頂點就鼓脹得毫無辯解餘地……並在刃更的注視造成的羞恥和興奮中嬌喘不已。

「成瀨同學……」「……嗯。」

到這時候，澪和柚希的雙腿都已經緊緊勾在對方腰上。

話一說完，她們就倒下更多沐浴乳、更用力地劇烈磨蹭彼此的胸部。

「啊……呀、嗯……哈啊……！」「呀啊……嗯、呼……啊啊！」

第1章 少女們的危險競速泳衣

兩人一面製造淡淡的快感，一面用力搓揉沐浴乳。很快地，被那甜美熱度燻得更為軟嫩的胸部上，堆起一團軟綿綿的白泡。隨後她們鬆開交纏的腿，在中間空出間隔。

「刃更……來。」

並帶著醺醉的眼神，引誘注視她們的少年般呼喚他。

「…………」

刃更什麼也沒說。他只是和澪她們一樣，早已下定了決心吧。只見他默默離開浴椅，來到澪她們之間盤腿坐下。

「開始囉……」「……刃更，我們幫你洗乾淨。」

這不需要多說一個字的感覺，讓澪和柚希又喜又羞地這麼說，接著左右夾住刃更纏上雙腿——用自己的身體擦洗刃更全身。柔軟的乳房、硬挺的尖端——都被她們毫不保留地使用，在刃更身上淫褻地滑動。

「啊啊……呀、嗯嗚……呼啊啊♥」

剎那間，澪口中洩出銷魂的喘聲。

……怎麼會，換成刃更就這麼……？

澪發現到，感覺與柚希互蹭胸部時完全不同。

現在是明顯異於剛才那種搔癢感的，又熱又舒暢的感覺——這一定是澪的身體又被進一步開發的結果。因此，比起柚希即使害羞也大膽地為刃更搓洗，澪的動作反而很不順暢。現在的澪，已經養成能在讓刃更這主人碰觸、為他服務之中獲得快樂的體質。為這事實感到令人發顫的羞恥之餘，澪也為能將自己獻給如此愛護她的刃更，偷偷地感到近似自豪的愉悅。

可是在她這麼想時，柚希已繞到刃更背後——

「……刃更，我幫你洗背。」

澪只能眼睜睜看著柚希在刃更背後滑起胸部。

服侍主人最重要的位置，就這麼被她搶走了。

「哎呀呀，澪大人……一恍神就被人家捷足先登，您這前輩是怎麼當的呢？」

「！…………」

被萬理亞帶著挖苦的笑容挑了毛病，澪不甘地咬咬嘴唇，說：

「拜託，刃更……用我的胸部洗手。」

接著面對面地坐到刃更腿上，抓起他的手腕拉到自己胸前。

澪不是要用胸部替他洗——這種事，她早就用乳溝夾住他的手臂，一直到手腕都搓乾淨了。

讓刃更抓上沾滿泡沫的胸部後，澪再將自己的手疊上去，說：

「嗯……沒關係。手掌和指縫……都可以用我的胸部洗乾淨喔？」

「……開始囉。」

刃更似乎是明白了澪的意圖，沉默片刻並這麼說之後用力揉起澪的胸部。一見到自己的乳肉被掐得溢出指縫，在刃更動作下變成下流的形狀——

「不——哈啊、呼啊啊啊啊啊♥」

先和柚希搓起大把泡沫，又從磨蹭刃更中得到強烈快感的澪，在一瞬間猛然一顫，達到高潮。

「……妳、妳還好吧？」

「繼續，不要停……要把手洗乾淨才行……」

刃更一時間想抽手，澪卻又把手疊上，要他繼續撫摸自己的胸部。

柚希還在洗刃更的背，澪可不能比她更早示弱。

隨後，刃更對懇求的澪默默點頭——重新用澪的胸部清洗他的手。

「啊♥呼啊啊！呀、哈啊——呼啊啊啊啊♥哈、哈啊啊啊啊啊♥」

於是，澪又在剎那間被高潮的洪流所吞噬，在刃更腿上放蕩地挺腰，在劇烈的快感中狂抖臀部，一次又一次地讓快感衝上頂點。

儘管如此，現在的刃更無論澪怎麼叫，都不會因此停手。

所以——這狀況持續近五分鐘時，快感已完全融化了澪的理性，只能在刃更腿上嬌喘。

「啊……嗯……呼、啊……唔……呼……」

「真糟糕啊，澪大人……您是要服侍刃更哥的人，怎麼能這樣子對主人撒嬌呢？」

見狀，萬理亞露出揶揄的笑容說道：

「這麼壞的澪大人，非得要好好處罰處罰不可。」

「……處……罰……？」

澪眼神渙散地問，但萬理亞沒有理她，說：

「刃更哥、柚希姊……我有話跟你們說。」

接著，她湊到刃更和柚希耳邊不知說了什麼，結果——

「這樣……有點太超過了吧？」

「……我也反對。雖然不覺得太超過，可是我不想被當成工具。」

刃更和柚希都明顯地面有難色，可是萬理亞毫不退讓。

「這樣分配也是沒辦法的呀……讓屬下屈服，是主人刃更哥的工作；而柚希姊還不是刃更哥的正式屬下，就只能由澪大人來示範屈服的狀況。柚希姊需要在幫助未來主人刃更哥的過程中，學習前輩澪大人結了主從契約成為屬下是怎麼回事。幫助主人以更震撼、更深刻、更有效的手段使屬下屈服，也是屬下重要的工作之一呢。」

萬理亞接著又說：

「刃更哥……你不想事先看看澪大人一旦遇到這種情況時，會發生什麼事嗎？你不是不想和柚希姊結了主從契約以後才後悔嗎，如果連這樣的事都不願意做，要怎麼判斷會不會出問題呢？」

「………………………」

聽了萬理亞的話，刃更沉默了一陣子後說：

「…………好吧，妳說得也有道理……那就做吧。」

「很高興能得到你的同意——那柚希姊呢？」

「……如果刃更願意，我也沒關係……就照妳說的去做吧。」

柚希也跟著表示同意。

「——我會向刃更清楚證明，和我結主從契約不會有任何問題。」

「很好……那我們就快點開始吧。」

萬理亞滿足地點點頭，在澪面前將某物交給刃更。

意識恍惚的澪，喃喃地念出刃更接過的東西叫什麼名字。

「……捲尺……？」

沒錯——那是量身的自動捲尺，而且澪曾看過它，因為那是之前用魔法讓競速泳衣貼合澪和柚希的身材時用過的東西。沒有錯，因為外殼側面標有「5M」，一般量身用的捲尺很少有這麼長的，所以印象深刻。

「對不起喔，澪……」

刃更過意不去地垂下眼，從捲尺本體抽出塑膠製的尺帶——從胸到背開始在澪身上纏繞起來。

「討厭……嗯、刃更……你、幹麼……？」

儘管浸淫在高潮餘韻中的澪使不上力，她還是試圖掙扎。

「——成瀨同學，不可以動。」

柚希不知何時繞到了澪背後，並將她的雙手抓到後腦杓上。

「野中……嗯、放開我……」

澪似乎急著想掙脫束縛，卻一點力氣也沒有。在她無力的掙扎中，刃更已將尺帶從左肩往下拉過鎖骨、穿過乳間，沿著右胸下乳線條纏到背後——並一直拉上肩頭，再從右肩依相反方向繞過左胸，然後重複在胸部周圍捆出8字形。這時，澪才發現他們正用捲尺強調她的胸部。都做了這種事，即使不情願也能想像到萬理亞要刃更做的是什麼。

……這是……

澪——正被刃更淫猥地綑綁起來。

「不……不要、啊啊……！」

澪總算能做點像樣的抵抗，但只是白費力氣。將澪的胸部纏成可恥的樣子後，刃更用剩下的捲尺一圈圈捆住被柚希抓到後腦杓的雙手，再牢牢綁在牆上的毛巾架上。

「！……為什麼、要這樣……？」

高潮的舒爽餘韻讓澪四肢無力，只能癱坐在浴室地上這麼問。

「澪大人……這是為了以防萬一的預先訓練喔。」

在她身旁坐下的萬理亞跟著回答。

「……訓練？」

「沒錯……幸好直到今天，澪大人都沒有被敵人俘虜過；但考慮到未來一定會遇上前所未有的強敵，澪大人必須明白自己隨時有落入敵人手中的危險。畢竟您以屬下身分結了主從契約，一旦被敵人抓走就很可能認為自己會成為主人刃更哥的累贅而引發詛咒……」

所以——

「就趁現在設想被敵人囚禁的狀況，提早體驗詛咒在身體遭受拘束的狀態下發動會是什麼樣子吧……只要有過一次經驗，事情真的發生時的心態和反應就會完全不一樣喔。」

「在這個狀態，發動詛咒……？」

那種事到底要怎麼做——當澪這麼想時，萬理亞又說：

「那麼刃更哥、柚希姊……請開始吧。」

澪的視線，也因此從身旁的萬理亞轉到正面的刃更和柚希身上。

「啊————……」

接著，成瀨澪明白了萬理亞說的是什麼意思。

刃更當著澪面前，從柚希背後摟住她——並揉起她的胸部。

「————！」

必然地，眼前的光景使澪反射性地燃起了嫉妒之火。

而催淫詛咒的發動——只是轉瞬後的事。

被刃更揉著胸的柚希，看見被綁在牆上的澪頸部浮現某種色彩。

那是主從契約詛咒發動時會顯現的，項圈狀的斑紋。

「不要……啊啊……！啊啊啊啊啊啊啊啊啊啊……！」

緊接著，澪陷入劇烈的催淫狀態，泫然欲泣地放聲媚叫。

一般而言，刃更會立刻設法讓澪解脫，但這次不能那麼做。這麼簡單就消解詛咒，就算不上是假設她成為俘虜的訓練了。

……而且。

即使對澪有所歉意，但若柚希要與刃更締結主從契約，這也是必須的事。

因此，柚希執行了自己的任務。

「嗯……拜託，刃更，多摸一點……」

對澪展現自己被揉胸的模樣之餘，對刃更懇求道：

「把我這五年來變了多少，全部摸清楚……證明我們儘管立場不太一樣——但還是能回到那個時候。」

柚希不忘強調自己與刃更的關係，刺激澪的嫉妒。

——可是柚希所說的，也是完完全全的真心話。

不需要多餘的顧慮，希望彼此能夠回到從前——雙方都能以青梅竹馬的立場做理所當然的事，做對夥伴最好的事，像家人一樣互動；若為了生存需要做些什麼，那就去做。這是柚希與刃更重逢時，心裡許下的願望。當然，五年前的自己只會拖累刃更，但現在早就不同了

——能夠在刃更身邊，與他並肩作戰。

「拜託，刃更……」

所以，就算現在為的是假想澪遭到囚禁的情況，野中柚希也想讓東城刃更明白可以放心與她締結主從契約。

「…………柚希。」

隨後，刃更輕聲呼喚她的名字，開始動手確認她的身體變化。

儘管沒有澪那麼壯觀，在這五年來長大許多的美胸還是在刃更的手感受柔軟度似的不停搓揉下，擠成猥褻的形狀。

「哈啊……嗯！呼……啊啊……♥」

除了搔癢，還有種酥麻的感覺，使得嬌喘洩出柚希的嘴。接著——

「討厭……為什麼要……野中她、又還沒……結主從契約……」

看著他們的澪，說出了可笑的話。澪自己也知道即使沒結主從契約，女孩讓心儀的男性觸摸時，會變成什麼樣子。

——沒錯，柚希現在無疑正享受著女性的快感。

小時候被摸只是會癢，可是換成知道那行為有何意義的現在，儘管不在夢魔的催淫狀態下，也能感到確實的羞恥與愉悅。

柚希雖不像澪那樣結了主從契約、身體經過開發，沒有嘗過在催淫詛咒發動的狀態達到高潮的強烈快感，但仍能藉著刃更刺激她本身的感官，體驗純粹的快感。

「！……刃更，拜託……我還要……」

於是柚希彷彿是順從了心中那股令胸口發悶的感覺，嬌媚地呼喚刃更；刃更也跟著將一手探入拉到腰下的泳衣後方，揉起她的臀部，比胸部更強的酥麻感瞬時遍布整個下腹。

「呀……啊啊！刃更……刃更♥」

柚希在刃更懷中不斷呼喚他的名字，並淫魅地擺動身軀。泳衣隨之愈滑愈低——最後，整個掉在地上。

這表示，現在的柚希是完全地一絲不掛。於是——

「不、不要……！」

劇烈的羞恥，使野中柚希在被刃更揉捏胸臀的狀態下用力扭身。

——在她背後的刃更，看不見她最羞恥的部位。

可是眼前的澪，卻能清楚看見那部位產生的女性反應。

原以為只要讓澪看看自己和刃更的關係——沒想到連那裡都要暴露在澪眼前。

因此——害羞過頭的柚希，急忙用手將那裡遮了起來。

「…………！」

並鼓起勇氣，查看澪究竟是用什麼表情看著她。

——然而，柚希完全是多慮了。

是因為柚希和刃更的行為每加深一步，澪的嫉妒也加強一分，使得催淫效果更加地膨脹吧。

「……嗯…………啊…………」

嬌聲呻吟的澪，眼睛已經完全失焦了。

5

……我是，怎麼了……？

在眼前彷彿罩上一層薄薄白霧的狀態下，成瀨澪有種幸福的感覺。

之前那幾乎使她發狂的心酸，已在不知不覺間消失不見，現在只能感覺到無窮盡的甜蜜愉悅。自己究竟是怎麼了……澪轉動朦朧的眼，窺視周圍狀況。

……啊……野、中……？

柚希的頭就在眼前，可是她的眼睛看的並不是這裡，她正陶醉地吸吮著澪的左胸尖端。

接著——成瀨澪想起了之前發生的事。

……對了……我們是在浴室取悅刃更……

自己和柚希是為了娛樂刃更而聽從萬理亞的指示，而柚希是還在繼續吧；每次被柚希吸吮胸部尖端，一股暖和舒爽的感覺就一直擴散到胸部深處去。

……野中好像嬰兒一樣喔……

澪忽然覺得柚希十分可愛，呵呵笑著想伸手摸摸她的頭。

可是——她失敗了。不知為何，雙手無法動彈。

……咦，為什麼……？

疑惑的澪這時發現了新的事實。自己的胸部被某種繩狀物一圈圈地纏繞起來，還有某個人在背後恣意揉捏著它們。

柚希嘴裡吸著的，就是某人如此大肆搓揉的胸部。

……這是，怎樣……？

看見自己的胸部受到如此淫褻的遭遇，讓澪嚇了一跳，先從究竟是什麼綁住胸部開始看起。

……這是……捲尺？

看明白那是什麼的當下，成瀨澪就完全想起了自己處的是什麼狀況。

「！——……」

因此抽了口氣後，柚希似乎發現澪恢復意識，嘴放開了她的胸。柚希的唾液，從澪的胸部尖端牽起一條鄙穢的銀絲。

「……討厭……野中……」「成瀨同學……」

澪發出嬌媚的聲音，柚希那沒有遭到催淫詛咒影響卻也渙散的眼睛跟著看了過來。表情完全是個女人的柚希，美得令人結舌。

「呵呵……澪大人，早安呀。」

這時，穿著泳衣的萬理亞臉上漾著好虐的笑容送上問候。

——自己被催淫詛咒弄昏的期間，一定還發生了很多事，只是自己不記得罷了。柚希會變成這樣，也一定是那段時間的緣故。

「您是想知道自己是怎麼了吧？可是您經過太多次高潮，體力已經瀕臨極限了，請容我晚點再為您詳細說明。」

來。

「請您快向刃更哥屈服——讓自己解脫吧。」

「咦——……？」

澪才剛發出表示不解的聲音，就被人從背後抱了起來。

接著被迫轉身，與一直揉著她胸部的人對上雙眼。

「……刃、更……？」

澪愣愣地念出他的名字。之前綁在毛巾架上的尺帶不知何時已經解開，自己現在好像是坐在刃更的腿上。

「抱歉囉，澪……」

刃更的唇這麼說之後，緩緩靠近澪的左胸。

「討厭……等、等一下啊，刃更，那邊不行……！」

這讓澪倉皇失措。她並不是第一次被刃更吸吮胸部。

她也曉得，被刃更吸吮胸部尖端所帶來的驚人愉悅。

——可是，那是柚希一直含到剛才的地方。

之前只是看到刃更和柚希做那種事，自己就變成了這副德性，假如他再那麼做——想到這裡的澪拚命掙扎，可是體力已在無數高潮中消耗殆盡，完全反抗不了。

「啊……啊啊啊……！」

當她明白自己無處可逃的瞬間——她用雙腿緊緊勾住刃更的腰。

下一刻，她害怕的事成為了現實。

「啊、不要……哈啊——啊啊啊啊啊啊啊啊啊啊啊啊啊啊♥」

刃更對澪左胸的吸吮立刻引發了催淫詛咒，前所未有的高潮使澪在浴室中放聲媚叫。

野中柚希目睹了澪被刃更吸吮胸部而劇烈高潮的瞬間。

……天啊，竟然這麼……

之前雖也成看過一次澪向刃更屈服的樣子，可是現在的澪正處在極端的女性快感中，妖豔得無與倫比，並因為那巨大的刺激而在刃更腿上不停抖腰。

……啊……

澪的腰每一次扭動，「咕啾咕啾♥」的淫褻水聲就傳進柚希耳裡，表示澪已經濕得即使隔著泳衣也能蹭出那樣的聲響。

「——很美吧？」

突然間——萬理亞含笑的聲音在注視那樣的澪的柚希耳邊低語。

「別擔心，很快就輪到妳了……妳已經做得到那樣的事了。」

「————！」

柚希想起之前自己和刃更做的那些事，羞得紅了雙頰。

沒錯——前不久，她才當著澪的面被刃更猛揉胸臀而連聲呻吟，還幫助刃更，讓意識被催淫詛咒沖散的澪紓緩痛苦。

柚希和刃更，一起縱情地愛撫澪最大弱點的胸部，一次又一次地令她高潮，直到她恢復意識。之前，他們將詛咒引發到使澪意識朦朧的程度；接下來要用更強的快感解除詛咒。

當柚希的手和嘴，熟知澪的胸部有多柔軟，以及其尖端的觸感及滋味時——萬理亞認同了柚希確實能夠成為刃更的屬下。能有這樣的表現，明晚與刃更結主從契約時，相信不會有任何問題。

柚希聽了訝異地看向刃更，而他也將手擺在柚希頭上，溫柔地摸摸她。即使沒有隻字片語，柚希也能感到刃更的認同。這讓她高興之餘又痴醉地加緊幫助刃更愛撫澪，以回應刃更的期待，更進一步地證明自己能善盡屬下的職責。

澪恢復意識，是在那不久之後的事。

「…………」

接著，柚希再次看向持續高潮的澪，心裡有種感觸。

——自己，也就快成為刃更的力量了。

因此——明晚一定要拿出現在的澪一樣的表現。

成為刃更的屬下，享受他的懷抱。

成瀨澪的私處，就像淋了熱水似的又濕又燙。

——那是她第一次嘗到的，禁忌的快樂。

自己的左胸被刃更用來和柚希間接接吻——在如此嫉妒觸發的催淫詛咒中，澪體驗了猛烈至極的高潮。別說是自己的泳衣，就連刃更臍邊都濕得一塌糊塗。這樣的事實讓澪羞得想乾脆昏死過去，可是——

……討厭、怎麼會這樣……？

敞身於激劇高潮快感的成瀨澪，錯愕地發現一件事。

強過了頭的高潮，竟然連昏迷都不允許。

「！……啊……！」

因高潮淫叫吐出肺中所有空氣的澪，仍在一身極度快感的狀態下，胸部每被刃更吸吮一口，就在他腿上狂亂猛顫。

不久，刃更「啾啵」一聲放開了嘴。

「……一直這樣很難過吧。」

或許是認為澪會這麼痛苦，是因為遭到綑綁的關係吧。

刃更解開了綁住她手腕的尺帶。

……咦……？

就在這時，幾個意外在澪身上交會。

第一，是刃更的手不小心按下了捲尺的回捲鈕；第二，是尺帶解開而恢復血液循環的部位，變得加倍敏感；第三——滑溜的沐浴乳使得纏在她身上的尺帶，與她身體間的摩擦力大幅降低，結果就是——

……啊……

感到害怕時，已經完全來不及了。捲尺先是彷彿慢動作似的鬆開，但下個瞬間，卻突然以快轉的速度捲回尺帶。

「！！～～～～～～～～～～～～～～～～～～～～♥」

已經敏感至極的胸部遭到塑膠尺帶飛快回捲的摩擦，使澪又被澎湃的快感奔流衝上更高一層的高潮。

「！……哈、啊啊啊……嗯、呼……啊……♥」

自己竟然被量身捲尺弄得魂不附體。如此難以置信的事實，使得在刃更懷裡亢奮得反仰白頸的澪有如終於想起什麼是虛脫般，緩緩依偎在眼前厚實的胸膛。

刃更也溫柔地擁抱澪，輕輕撫摸她的背，剎那間——

「啊啊！——嗯、呼……啊啊！」

浸淫在強烈高潮餘韻中的澪全身猛然一震，胸臀不受控制地跳動。光是輕輕摸個背，就讓她又稍微高潮了。於是刃更只是抱著她，在她耳邊低語：

「……………已經沒事了。」

……啊啊，對了……我……

聽刃更這麼說，恍惚的澪想起自己是在體驗遭到俘虜時會發生什麼事。令人幾乎發瘋的心酸，以及能將這心酸沖散的快感——讓澪嘗到這些滋味的刃更，如今在她眼中就像個至高無上的君王。

即使意識朦朧，澪也清楚地告訴自己，必須服從眼前這個人。

「…………哥哥……」

同時甜聲呼喚，用終於重獲自由的雙手緊緊擁抱刃更。

6

可能是得以再次向刃更屈服而感到安心吧。

澪在刃更懷裡昏了過去。

為了避免感冒，刃更將她身上的泡沫沖乾淨，在自己腰上纏上毛巾並抱起她，和柚希跟萬理亞離開浴室。

柚希留在更衣間穿衣服時，東城刃更繼續往客廳移動。

讓澪躺在沙發上。

「……不好意思，之後就麻煩妳囉，萬理亞。」

「沒問題，儘管交給我吧！」

被刃更託付照顧澪的工作後，萬理亞一臉心滿意足地點個頭。

這身穿學生泳衣的蘿莉色夢魔還藏不住喜悅地說：

「哎呀～想不到竟然會被量身捲尺弄成那樣……連我這夢魔都被澪大人的資質嚇了一大跳呢！」

「妳做了那麼誇張的事還能笑得這麼開心，才讓我嚇一跳呢……」

刃更傻眼地說。

「妳每次都被澪修理得那麼慘，怎麼還敢做這種事啊……真是學不乖耶妳。」

萬理亞聽了豎起右手食指「嘖嘖嘖」地左右搖動。

「刃更哥你太天真了。被處罰那麼多次以後，我開始注意到，只要加把勁讓澪大人高潮到短時間沒辦法回神的程度，就不用怕她生氣了！」

萬理亞對沙發上的澪「哇哈哈」地大笑著說：

「所以我這次就試著玩大一點，結果就是這個樣子啦！根本是隨我玩嘛！哎呀～就像是哥倫布的蛋一樣吧？」

「…………」

「？怎麼啦，刃更哥，幹麼突然用那種溫暖的眼光看我，愛上我啦？」

第1章
少女們的危險競速泳衣

「呃，並沒有……」

不過，如果妳覺得是那樣，那就是吧——對妳自己來說。

……話說回來。

東城刃更恍然地想。

一旦澪昏過去，當下應該是不會被修理沒錯——可是她有想過清醒以後會怎麼樣嗎？

——果不其然，這猜想應驗了。

刃更半夜在自己床上發呆時，突然聽見澪的怒吼和震動聲，以及萬理亞的慘叫聲。

「……看來今天晚上又要鬧翻天了呢。」

於是刃更無奈地嘟噥，關了房間的燈。

時間已經是深夜一點半。

澪的怒吼和萬理亞的慘叫，依然不絕於耳。

第2章　虛假笑容的另一面

1

成瀨萬理亞起得很早。

她所屬的穩健派，派她來到人界負責保護成瀨澪——已過世的前任魔王威爾貝特所生，繼承其力量的獨生女。

因此，當送報員將早報塞進東城家信箱的瞬間——

「——————」

萬理亞就有了護衛的反應。來自屋外的些微聲響，使被窩中的她睜開眼睛，並以不吵醒澪的細微動作悄悄下床，稍微拉開窗簾向外窺視。

——一輛黑色機車，也在這時駛去。見到那熟悉的背影的確是平時那位送報員，萬理亞就輕吐口氣放下窗簾。

然後她就地「嗯～」地伸個懶腰，躡手躡腳地回到床邊。看著床上依然在夢鄉裡的澪，

第2章
虛假笑容的另一面

萬理亞心想，自己是為了守護這個人，才會在這裡的。

「…………」

萬理亞默默注視了澪一會後，澪的臉頰慢慢染上紅暈。

「嗯……啊……呀啊……哥哥……嗯♥」

「——！」

一聽見澪吐出溫熱的夢囈，萬理亞就猛然睜大雙眼，並火速動身——從床底下拿出攝影機，立刻按下電源鈕，帶著「嗯哼～」的鼻息心想——

……一定要把握這難得的機會啊！

這可不只是為了拍攝澪淫聲囈語的睡姿。雖然那也一定會清楚地全部錄下，但萬理亞真正想錄的——是澪所作的夢。

澪正在作的，多半是向刃更屈服的夢，現在重點來了——澪作的這個夢，並不是夢魔萬理亞讓她做的淫夢，而是她自身作的夢。那會是澪心底的願望，還是無意識浮現的深層心理呢？

……無論如何，這都是好事啊。

對夢魔而言，見到澪大人愈來愈色是非常令人高興的事；而且理性和自制力在夢裡都容易變弱，說不定她會在夢裡遇到比之前都可恥的事，表現出更放蕩的一面……哎呀，精神都來啦！

興奮大爆發的萬理亞很想趕快碰觸澪，看看她作了怎樣的夢，可是——

……不行～這樣還不夠！

成瀨萬理亞使盡全力忍下當前的慾望。偷窺她的夢，只能獲得一時的滿足；如果沒有證據，就算以後拿這夢境來調侃她，只要澪裝傻不認帳就沒輒了。

為了製造能讓澪怎麼樣也賴不掉的決定性證據。

為了記錄澪放蕩的模樣，充實自己的祕密收藏。

……錄下澪大人的夢並保存下來就是正義啊！

有備於這種時候，萬理亞對自己的攝影機做了點加工；稍微改造一下內部構造，使魔力能流入其中——如此一來，它就不再是只能拍攝澪或柚希向刃更屈服時的淫蕩姿態的普通攝影機，而是能與目標腦波同步、錄下夢境的夢魔特製攝影機。

打開電源、導入魔力後，萬理亞架起名為「汎用型決戰攝影兵器攝夢戰士初號機」。究竟澪會作多下流的夢呢……萬理亞期待得吞口水，兩眼發直地盯著小型液晶螢幕看，結果——

「……啊？澪大人的同步率……！」

成瀨萬理亞誇張地表現驚愕。液晶螢幕應該要播映出澪的夢境才對——然而，畫面卻不知怎地一片漆黑。

「該不會是……暴走？」

完全錯誤。萬理亞抬頭看看床上的澪，只見棉被團蠢動幾下——

「…………嗯……」

澪帶著呻吟似的吐息，睜開雙眼緩緩坐起。

那是個擁有任誰見了都無疑會同意是美少女的可愛容顏，以及成熟女性也會臉上無光的美豔肉彈肢體，集如此極致的二律背反於一身的少女。沒有胸罩束縛的豐滿雙峰尖端從內側頂起睡衣，浮現其形狀——大概是夢到了刃更，使得澪敏感的身體起了反應吧。今天也是一早就超級誘人，真是太讚了。

既然如此，就用正常的錄影模式把這一幕拍下來吧。可是——萬理亞真正想拍的並不是澪起床時毫無防備的無邪模樣。

而是在夢境中順從自身本能的澪，能夠淫亂到什麼地步。

「嗯……啊，萬理亞，早——喂，妳是怎樣?幹麼一大早就拿著攝影機還哭得唏哩嘩啦的啊？」

怎麼可能不掉眼淚呢，沒有流出血淚就很想請您誇獎兩句了呢。

不過成瀨萬理亞沒有放棄，還有別的方法能用……還有方法。

「……澪大人，您的夢話好色喔，到底是作了什麼夢呀？」

「啥……！」

聽見萬理亞帶著知情的笑容這麼說，澪頓時羞紅了臉。在這瞬間——

「——來吧，澪大人，和我一起繼續作夢吧！」

說了有如夢想受挫的人想東山再起時常說的話後，萬理亞冷不防對眼前的澪伸出右手，施放夢魔的淫夢魔法。

——一般而言，萬理亞的魔法對魔力型的澪是起不了作用的。

但在她剛睡醒時毫無防備的狀態下偷襲，就得另當別論了。

「咦——……啊……」

澪那對訝異睜圓的雙眼，一轉眼就變得朦朧渙散……整個人跟著仰著倒回床上去。

「嗚嗚……原諒我啊，澪大人，這也是沒辦法的事。」

聽見澪洩出輕細鼻息後，萬理亞為了誘導她的意識，讓她想起之前作的夢，施放了淫夢魔法。如此一來，一定能錄到剛才的夢。

「好，這次一定要讓我拜見拜見澪大人藏在心靈深處的見不得人的慾望喔……！」

滿心興奮的萬理亞，拿起攝影機開始拍攝澪的夢境。裡面究竟是打得多火熱呢——萬理亞一頭熱地扭腰擺臀，將夢魔的尾巴左右晃來晃去，恨不得鑽進去似的盯著液晶螢幕看。

第②章
虛假笑容的另一面

緊接著——螢幕顯現出澪的房間，時間是深夜。在灑下月光的房間中，澪躺在床上，害羞地往攝影機另一頭看來。

萬理亞跟著從之前澪說過的夢話，推測她作的是怎樣的夢。

「喔喔……這該不會是表示，澪大人偷偷希望刃更哥可以夜襲她吧！哎喲……澪大人也真是的，原來是一個超級M女呀！」

個性不坦率加上羞恥心強的澪，基本上不會主動向刃更有所表示；可是只要換成刃更主動，儘管表面上多少有些抗拒，到最後都一定會照單全收。像前天，澪就在聖坂學園的女子淋浴室裡，被刃更弄得死去活來而屈服了一次。當時她得到再怎麼亂性也無所謂的藉口，展現出無上的媚氣和豔麗——可是換個角度說，也能當作她態度被動。

就這方面而言，和刃更青梅竹馬的少女野中柚希，就完全是兩樣子了。

……柚希姊真的好積極喔～

不過說到柚希是不是就能毫不羞恥地做那些事，倒也不盡然。

只是，像柚希那樣平常頗為冷淡的人羞得臉頰紅通通地，卻仍主動向刃更展示自己淫蕩的一面，在夢魔萬理亞眼中分數非常地高。

……而且。

柚希會不顧害羞地積極向刃更示愛，是因為有澪在。

同時——澪也不想輸給那樣的柚希。基本上，澪看見柚希發動攻勢就會嘗試阻止；而在知道阻止不了後，就會開始與她對抗，自己也做起種種猥褻的舉動。萬理亞一手托著下巴，「嗯嗯」地點頭說：

「哎呀~能夠互相砥礪的競爭關係真的很棒呢~……嗯？」

攝影機液晶螢幕中的夢中的澪——躺在床上的她一副羞答答的樣子，彷彿在等些什麼地看著攝影機的方向。澪所看的，應該是刃更沒錯，可是沒有任何行動或變化就表示——

「拜託拜託，澪大人夢中的刃更哥現在是在搞什麼啊！該不會是個都摸進房間來了才怯場的軟腳蝦吧？在浴室硬抹蛋糕的那個鬼畜色魔到哪裡去啦！觀眾都要睡死了啦！」

急得快爆炸的萬理亞「嗚嘎！」大叫，這時——

「啊……這該不會是……！」

她突然用空著的手輕輕觸碰澪的臉頰，液晶畫面中也跟著出現一隻手，與現實同樣地觸碰夢中的澪的臉頰，而且是刃更的手。澪儘管害羞，也用臉頰磨蹭起那隻手。

「我也真是的，竟然搞錯淫夢魔法的『觀賞型』和『參加型』了，太大意啦。」

萬理亞一手扶額地說。其實，女性淫魔的睡眠魔法本來就幾乎都是能使目標夢見淫夢，同時對其施予淫行的「參加型」。這是為了與睡著的男性進行性行為，以吸取對方精氣的緣故。

第2章
虛假笑容的另一面

可是萬理亞只是想看澪內心深處的願望，原想放的是能將她自身意識或慾望反映在夢境裡的「觀賞型」；不料想窺探澪深層心理的念頭太過強烈，一不小心就放成了經典款的「參加型」。於是，萬理亞成了刃更的替身。

「嗯……真是不太妙啊……我沒扮過男人耶。」

萬理亞傷腦筋地吐口氣。

「啊……算了，也沒其他辦法了吧？我也很想知道澪大人到底有多色。平常我都是在一邊看刃更哥把澪大人弄得唉唉叫，看著看著也看出一點興趣來了，就乾脆趁現在捨命陪君子吧……？」

唏噓地這麼說的萬理亞先離開了澪所睡的床，從擺在櫃子上的許多布偶中抓出貓熊娃娃；接著拉開拉鍊，熟門熟路地掏出裡面的棉花，將仍在攝影中的攝影機塞進去，把鏡頭對準布偶上的小洞。

「這種時候，就會覺得買直立式的真是買對了呢～開發人員一定也會感動到落淚吧。」

萬理亞一面說著開發人員聽了會以其他感受落淚的話，一面將攝影機偽裝成他人看不出來後轉過身說：

「哎呀～這次真是敗給您了呢，我原本是真的很不想做這種事的……真的喔？可是刃更哥不會這麼早起床，這又是千載難逢的好機會，既然身為夢魔族人，遇到這種狀況卻沒有調戲澪大人，實在是有失禮貌啊。唉，我也是百般無奈……真的是無奈再無奈啊！」

萬理亞說到最後已經眼布血絲，喘著熱氣逼向澪的睡舖。

在攝影機裡，萬理亞應該是刃更的模樣。所以她「嗯哼！」地清咳一聲，以不知道在正經什麼的表情和聲音說：

「久等了，澪……妳最愛的主人刃更來囉！」

太完美了。萬理亞模仿著她想像中的刃更，開始玩弄澪。

跨坐在仰睡的澪身上，隔著睡衣揉捏她的雙乳。

「嗯……哈啊、啊啊……嗯……不要……嗯♥」

澪立即口吐嬌喘，輕輕地蠢動起來。

……哇～

揉捏澪的胸部，讓萬理亞表情幸福得快融化了。

這……比想像中好太多啦！不只是即使隔著睡衣也能充分感受澪份量十足的胸部大小和柔軟，還能看見她愉悅的表情。畢竟萬理亞施放的是「參加型」的淫夢魔法，只要碰觸澪，還能分享她的視覺，看見她的夢境。儘管澪實際上正在睡覺，眼睛是閉著的——可是對潛入了夢境的萬理亞而言，澪就像是清醒的，自己的聲音也和刃更一模一樣。

……這、這個狀況……在各方面而言都會讓人感覺很糟糕呢。

第②章
虛假笑容的另一面

萬理亞低聲呵呵笑著，往澪所穿的睡衣——正面扣上的鈕釦伸出了手，並解開第一個。

「啊、不……不行……」

澪隨即害羞地遮起胸部，可是——

「有什麼好不行的……澪，把手拿開，讓我看清楚妳的全部。」

在澪的夢中，聲音和面貌都變成了刃更的萬理亞樂呵呵地這麼說。

而且還不偏不倚地直視著澪的眼眸。不過澪紅著臉別開眼睛，直喊「不要」。

……嗯～我就知道會這樣。

是理性或羞恥心獲勝了吧。即使是作夢，現在主從契約的詛咒又沒發動；若不顧澪的意願硬要繼續，難保不會讓她對刃更產生心防，搖撼他們的主從關係。

更重要的是，萬理亞並不想逼澪做她真的厭惡的事。因此——

……只能到這裡了吧。

「…………可是，如果哥哥真的想要……」

就在她想從澪身上撤退時，突然聽見澪小小聲地這麼說。

萬理亞驚愕地看去，只見澪的頸子上浮現出淡淡的項圈狀斑紋。

主從契約的詛咒發動了。也許是澪不老實說出自己的意願，卻說「如果哥哥真的想要」把責任推給刃更，因而產生了罪惡感吧。

接著，澪緩緩放開遮掩胸部的手，濕濡的眼抬望而來。

「可以喔……你愛怎樣都可以。」

萬理亞作夢也沒想到，澪會有如此回馬槍的反應，原來澪對刃更有這種慾望——不過，更讓萬理亞驚訝的是，澪現在的表情。

那是，十五歲的普通女孩不該有的表情。

那是，十五歲的普通女孩不會有的表情。

那是——沒有男性經驗，身心卻都曾深深刻入難以置信的快感的澪才會表現出來的，豔媚橫流、令人屏息的「女人」表情。

「…………！」

糟糕，自己原本只是想惡作劇一下而已啊。

……都、都是澪大人不好。

萬理亞「咕嚕」地吞吞口水。不是男人也一樣，看到這種反應誰忍得住啊。

「……………」

感到淫魔本能完全燃燒的萬理亞，一語不發地將澪的睡衣鈕釦一個個慢慢解開；待澪胸前完全敞開後把手伸進領口，從鎖骨滑到肩部後側——澪的上半身隨之完全袒露，碩大的胸部跟著盡現眼前。

第②章
虛假笑容的另一面

「啊……」

澪害羞地輕喘一聲，動作非常之誘人。之前夢境的影響，加上在淫夢魔法中被化為刃更的萬理亞揉過，澪的胸部尖端彷彿在炫耀自己飽含快感似的鼓脹。

「竟然變成這樣……妳也太淫蕩了吧，澪。」

「嗯……才沒有……把人家胸部弄成這樣的明明是你……」

「——我嗎？」

萬理亞呵呵笑著揉捏澪的右胸，並將嘴湊向左胸，刻意避開敏感部位，舌頭順著那撩人的胸部曲線滑動。

「啊啊！……不、哈啊……嗯……啊嗯……啊……嗯嗚♥」

澪霎時洩出苦悶的呻吟，腰臀狂亂地扭擺，左右大腿交互廝磨，床單上引人遐思的皺褶逐漸增加。

「！……拜託，不要欺負人家嘛。」

就這樣，被萬理亞慢條斯理地逗弄的澪終於按捺不住，濕聲哀求。

看來是玩得有點太過火了。可是——

……澪大人……！

萬理亞對自己的行為並不後悔。澪可愛嬌媚的動作和聲音，已經完全擊沉了她的理性。

於是萬理亞含著澪脹得硬挺的胸部尖端，大口用力一吸——

「！——♥」

澪全身立刻猛然一跳。

那模樣是如此的可愛——讓萬理亞從這一刻開始，滿腦子都是如何玩弄澪。

在主從契約影響下，澪那經過刃更調教和開發的身體敏感得十分有趣。

當萬理亞舔過澪的脖子，扒下半脫的上衣時，她還有一些只有樣子的掙扎；可是等到萬理亞一面將她的胸部揉成各種形狀，一面脫下睡褲，讓她只剩一件內褲時，已再也見不到任何抵抗。接著——

「…………………咦？」

萬理亞忽然回神，見到澪不知為何帶著被快感融化的表情，在眼前屁股對著她跪倒著；而萬理亞的左手，也不知為何抓著她的內褲，且時鐘長針還快轉了十五分鐘。

「奇怪……我怎麼會拿著這種東西？」

更糟的是，自己右手還抓著某種東西，讓萬理亞摸不著頭緒。

那是一條很粗的香蕉。萬理亞認識這條香蕉……因為那是她買回來給澪和柚希吃的，一串含稅三九八元。基本上，香蕉大多是一串五條，可是萬理亞故意挑了一串三條比較粗大的回來。

第2章
虛假笑容的另一面

……這都是為了我成瀨萬理亞的小小幸福啊。

以前，萬理亞曾起個大早潛入刃更房間，精密測量了刃更會起男性生理現象的某方面的尺寸；然後到超市尋找尺寸最相近且好用的食材，終於讓她挖到了寶。

想當然耳，就是這條香蕉……正確英語念法是BANA～NA。

最近，躲在一邊看著澪或柚希吃她買來的香蕉偷笑，已經成為萬理亞的祕密樂趣——紓解壓力、提神醒腦的美妙時光。

……雖然要追求質感的話，松茸或便利商店的大熱狗比較類似；如果要反映硬度，櫛瓜之類比較好就是了。

但遺憾的是，大熱狗不夠硬也不夠粗；櫛瓜皮又太硬了，煮熟之前澪也不可能去含；而松茸太過露骨，缺乏想像空間。

可是香蕉就不同了。它能夠快速地補充高度營養，職業運動員也會拿了就往嘴裡塞；另外還有強效的美容效果，幫助美膚或抗氧化，能夠輕易讓澪她們毫不設防地含上幾口。

現在，這根香蕉就握在萬理亞右手上。

「嗯……怎麼會這樣咧……？」

萬理亞開始試著回想前十五分鐘的空白。自己愈玩愈起勁，說了「我要妳的全部」之類的記憶漸漸朦朧地甦醒。

「……所以說，我是……」

自己該不會是想用這根香蕉奪走澪的第一次吧……？

「好、好險啊……我竟然一時恍神，想請澪大人用下面的嘴吃香蕉。澪大人的對手怎麼能是一串三九八元的香蕉呢，實在是便宜過頭了。」

而且——

「一條單價就只有一三六．六六六啊……根本除不盡嘛！」

話雖如此，自己還是把澪弄成了這副德性。

像這種時候，就非得負起男人應盡的責任不可吧……雖然不是男人。

可是以做人來說，對女孩子也要盡應有的禮貌呢……雖然不是人類。

我可是夢魔啊！於是乎，萬理亞很快就交出了答案。

結論是——

「……隔著內褲稍微插進一點點應該沒關係吧？」

這樣是安全邊緣才對。當萬理亞如此加深自己的肯定時——

「…………哥哥？」

澪忽然轉過頭來，讓萬理亞慌了手腳。

……呃，刃更哥在這種時候會……

第②章
虛假笑容的另一面

萬理亞跟著想起刃更平時使澪屈服時會說的話。

於是萬理亞也急忙脫下內褲一把扔開，兩腿夾起特粗香蕉仔細地調整角度，雙手穩穩地抓住澪的臀肉，以百分之百蘿莉S夢魔的表情毫不遲疑地說：

「久等了，澪……我馬上就讓妳解——」

「——妳白痴啊啊啊！」

某種硬物帶著吐槽從正上方揮了下來。

「嘎咿！啥……！」

萬理亞被這一搥從夢境拖回現實，急忙轉身一看。

「刃、刃更哥……你什麼時候來的！」

怎麼可能……我一點感覺也沒有耶？

「就在妳開始脫衣服前不久……還有我要說，三九八除以三不是一三六．六六六，是一三二．六六六。」

聽刃更大口嘆氣著這麼說——

「怎、怎麼可以這樣，進女孩子房間怎麼不先敲門呢！」

「我敲了好幾次啊，可是妳都沒回答，而且門裡又有不像在睡覺的聲音，我只好進來看看了……受不了，妳一大早就在搞什麼鬼啊？」

「還有什麼……看了就知道了吧？」

「就是看不懂才問妳啊。」

這麼難懂嗎？萬理亞輕歪起頭，在只穿條內褲、跪倒在床上的澪，和全身赤裸、兩腿夾著香蕉的自己之間看了看。

「……這個嘛，可能真的有點難懂吧。」

萬理亞遺憾地拔下夾在股間的香蕉，要發洩途中被打斷的無奈似的，將粗大的香蕉輕輕揮動，在澪的屁股上啪地一拍。

「啊嗯……♥」

由於角度正好，讓全身都敏感到不行的澪這樣就抖了一下。

「所以妳到底是在幹什麼啦！」

紅了臉的刃更就這麼硬是把萬理亞的香蕉搶走了。

……竟然這麼絕。

我都已經全裸了，現在香蕉這條最後的堡壘還被搶走，這下我真的是什麼也不剩了……

完全是手無寸鐵的全裸啊。

我又不會反抗，那樣太難看了。

「我只是……想讓澪大人再多看一點而已啊。」

於是成瀨萬理亞寂寥地一笑，抬望另一邊的虛空，注視著遠方說：

「讓她看看原本那個夢的延續——……」

2

想營造感性氣氛矇混過關的作戰失敗了。

頭頂又捱了刃更一拳、疊起兩個腫包的萬理亞「呿～」了一聲，心不甘情不願地將她對澪施放的淫夢魔法改為普通的睡眠魔法，再替她穿好睡衣蓋上棉被，和刃更一起離開房間。

儘管現在離平常的起床時間還早，但比起睡回籠覺，倒不如早點起床活動的好。

之後萬理亞穿上圍裙進了廚房，準備做早餐。

「真的不需要幫忙嗎？」

刃更坐在客廳的老位置上，禮貌性地一問。

「不必，這是我的工作，不會因為你讓我早點起來就請你幫忙的，儘管翹著二郎腿等我弄好吧。」

萬理亞的任務不只是擔任澪的護衛，還要照顧她的生活起居。因此在這東城家裡，舉凡煮飯、洗衣、灑掃等家事全都是萬理亞的工作。

「而且今天時間比較多，我想挑戰一下之前就很想做的，比較花功夫的一道菜。完成以後，希望刃更哥可以先替我試試味道；好吃的話，我再請澪大人和柚希姊嘗一嘗。」

萬理亞笑著這麼說後勤快地作起了菜。

她做的是使用新鮮高級材料的燉煮菜式，首先要準備的是煮高湯。若做成西式，會用大鍋將蔬菜或雞骨熬成清湯，可是無論再怎麼早起也不會有那麼多時間，所以——

「現在就是得用細緻的日式高湯決勝負啦～」

能配得上這次的高級材料的，果然非最高級的利尻昆布莫屬。

將昆布以微濕的布擦拭一遍後，放入鍋中加水。由於這次重點是強調其細緻的滋味，不一開始就點火，先浸泡一陣子，讓它吸飽水份。

在這段時間要做的，是處理待會兒要燉的主角。為了盡量提出主角本身的鮮味，只做最低限度處理，調味從淡。

「嗯……差不多了吧。」

經過必要的處理後，萬理亞隔著廚房吧台向客廳投出視線，看見刃更正埋首在剛送來的報紙裡。

「…………」

翻閱報紙、慢慢掃視頭版的刃更，令人強烈感到其父東城迅的影子，散發著比平常更成熟的氣息。

……喔喔，這樣的刃更哥好帥喔。

萬理亞滿足地「嗯嗯」點頭。迅的立場不僅是父親，還是從前被稱為戰神的最強勇者，他的存在在各方面都是舉足輕重；可是在迅離家前往魔界的現在，支撐東城家的擔子無疑落在刃更身上。截至目前，他已經解救過萬理亞和澪許多次的危機。因此——

……一定要好好謝謝他才行。

萬理亞重定決心，輕輕地點起鍋下的火。

「好，完成了！刃更哥，麻煩你試吃一下喔～」

刃更在客廳沙發上將早報頭版讀過一遍後，聽見萬理亞雀躍地這麼說。

「喔，弄好啦……？」

刃更離開沙發，信步來到萬理亞身邊。

「來，刃更哥請用，熱呼呼的喲。」

萬理亞帶著滿面笑容，雙手捧出深盤。盤中央，蒸汽裊裊的湯上浮著某種白色的圓形物體。

「？這是……魚糕嗎？」

沒錯，那外觀就像是關東煮常見的魚糕。聽萬理亞說是需要下功夫的菜，讓刃更有一點點失落。當然，關東煮也是經典美食，要下起功夫，也是可能需要起個大早。

「來，總之先吃吃看再說吧。如果你以為是魚糕，小心嚇一大跳喔？」

「不是魚糕的話會是什麼啊……？」

當刃更想要切成一口大小試吃時——

「啊，刃更哥，這時候要請你拿出男子氣概一口吃下去，猜猜看那到底是什麼。」

「……是可以啦。那我吃囉？」

刃更跟著咬下一口，浸透的湯汁立即在口中汩汩流散。

「！————？」

那的確不是魚糕，滑溜溜地咬不斷。

口感與想像中完全不同。這時，刃更為了不讓咬出的湯汁溢出嘴巴，也不想把碰過嘴巴的東西放回盤裡，便將它整個塞進口中。

——結果，那還是咬不斷。

刃更努力嚼了半天，但它只是在嘴裡溜來溜去，彷彿根本咬不起來。

「……喂，萬理亞，這到底是……什麼啊……？」

「哎呀，刃更哥，你吃不出來呀？這是你最愛的東西喔？」

「我最愛的……？味道是很香啦，可是我沒吃過這麼難吃的東西耶？」

儘管有失禮儀，刃更還是含著那團東西這麼回答，緊接著——

「說難吃太過分了吧！澪大人的內褲到底哪裡難吃啊！」

「咦……——！」

刃更一時間反應不及直接回問，但隨即就明白了萬理亞在說些什麼。

於是他反射性地嚇了一跳——導致接下來不幸的結果。

——各位是否有過被突發狀況嚇得倒吞口水的經驗呢？

刃更就是身體一僵，下意識地吞吞口水。糟糕——才這麼想時，之前那咬不斷的似魚糕物體就順著喉舌蠕動被吞了下去，還能感到它滑過食道。

……不……會……吧……

刃更茫然地看看萬理亞，只見元凶蘿莉色夢魔笑嘻嘻地說：

「怎麼樣啊，刃更哥？一大早剛採收回來的新鮮妹妹內褲好吃嗎？」

第②章
虛假笑容的另一面

一聽，刃更在吧台放下盤子筷子，然後——

「…………」

「刃更哥，你為什麼一句話都不說就亮出魔劍啦！該不會是想生吃吧？我為了方便你下口而特地做成內褲捲慢慢煮了那麼久難道是多此一舉嗎！」

「多妳的頭啦！妳這蘿莉色夢魔怎麼給人吃這種東西啊！竟然讓我背上吃妹妹的內褲這麼大的十字架！」

人嚇人可是會嚇死人啊。這種罪孽是要人怎麼背啊！等等，更重要的是——

「……內褲是化學纖維做的吧？這不會只有消化不良這麼簡單而已啊……」

不只是在道德上出問題。女性內褲的布料雖比男性少，可是誤吞下去還是可能需要開刀取出。

再說，當手術房中的醫生護士好不容易剖開了胃卻發現裡頭有條女性內褲，他們會作何感想呢。若不快想點辦法，明天早報頭條搞不好就是「都內私立高中生在家偷吃妹妹內褲送急診」。

想到這裡，刃更全身不寒而慄，臉色發青。

「這方面你就不必擔心了，我事先下了進入體內後會變成蛋白質的魔法。」

「真、真的嗎……？」

「那當然，我怎麼可能做真的會傷害刃更哥的事呢～」

聽了萬理亞這麼說，刃更暫且放心地拍拍胸口。

「從此，澪大人的內褲就會成為刃更哥的血肉，變成明天的活力……唔呼。」

「…………」

「刃、刃更哥？為什麼一句話都不說就舉起魔劍啦！」

放心吧——我會用反面砍。當刃更一步步地逼近萬理亞時——

「————？」

忽然感到來自背後的視線而倉皇回頭，見到一名少女站在那裡。她穿的是聖坂學園的制服，但不是澪。

「柚希……」

沒錯，站在客廳門口的就是與明豔的澪正好相反，有種令人屏息的透明美的野中柚希。

……得、得救了……

假如澪知道刃更吃了她的內褲，刃更和萬理亞現在就得用力思考該怎麼活下去了。

「…………」「那個……柚希小姐？」

刃更安心地摸摸胸口，但見到柚希不太對勁，一不小心就用上了敬稱。她一臉沉重的不悅，看來是吃了澪內褲的事被她聽見了。儘管沒讓澪發現是不幸中的大幸，但那也不是該讓

第②章
虛假笑容的另一面

柚希知道的事。在尷尬氣氛中，柚希穿過客廳，直往刃更他們所在的廚房逼來。

「不、不是啦，柚希……她剛剛說的是——」

「…………………………」

柚希站到試圖解釋的刃更眼前，一語不發地做了「某件事」——稍微向前彎腰，兩手從底下伸進裙裡。

「咦——……？」

當著刃更的面害羞地撩起裙子的柚希，開始慢慢地降下她伸進裙子的手。勾在雙手大拇指、被拉出裙子的，正是她所穿的白色內褲。拉到膝蓋位置後，柚希接連抽出左右腳，將內褲揉成一小團送到刃更面前。

「刃更……啊～」

「喂喂喂，啊什麼啊！妳在想什麼啊，柚希！」

刃更對要他品嘗現脫內褲的柚希死命地搖頭，事態開始一發不可收拾地極速狂飆。

「沒什麼好客氣的……我現在才知道，原來刃更最愛吃的是女生的內褲。」

太後知後覺了。聽了柚希怪罪起自己似的這麼說，萬理亞嗯嗯點頭。

「也難怪柚希姊會不知道，你們分開的這五年來，刃更哥已經成長很多……來到喜歡吃女生內褲勝過三餐的年紀了呢。」

「我是不否認這五年來我變了很多，但我才沒有變成那種變態！」

刃更在胡說八道的蘿莉色夢魔頭上猛拍一掌。

「……不用跟我害羞，以後我的內褲隨便你愛吃多少都可以。我剛好今天放學後想到車站大樓裡的內衣店看看，你就跟我一起來吧。我還不曉得你喜歡哪種內褲的味道或口感，所以你儘管挑，給我結帳就好。」

「一點都不好！妳是想殺了我嗎！」

聽見刃更突然以指責口吻反駁，柚希表情一悶，說：

「……你是說你可以吃澪的內褲，可不要吃咱的嗎？」

柚希帶著情緒激動時會不小心蹦出來的鄉音，整張臉湊過來逼問刃更。

「哎呦……我又不是故意想吃澪的……」

「好啦好啦，反正你怎樣都要說成是我的錯就對了啦，不好的事就全推給我嘛。搞反主從契約讓澪大人變成刃更哥的僕人，還讓她在浴室全身塗滿蛋糕被搞得亂七八糟也全都是我的錯就對了啦～」

「是啊！那全部都是妳的錯！」

少給我裝成賭氣的樣子逃避責任！

「總之柚希，很抱歉，我不會吃妳的內褲，放學以後也不會陪妳去買內褲；所以拜託，

第②章
虛假笑容的另一面

求求妳放我一馬……！」

會出人命啊。刃更先把萬理亞擱在一邊，拚命嘗試說服柚希。

「…………好唄，你說啥都不要是唄。既然這樣咱也沒法子了。」

柚希一噘著嘴這麼說完，就動手脫起身上的水手服上衣。

「喂……柚希，妳幹麼啊！」

柚希在刃更面前脫去上衣，再將手伸到背後解開胸罩，說：

「之前在浴室找你幫咱洗背的時候，你原本不要；可是咱脫光拜託你，你就答應幫咱洗了。所以這次也——」

「等等！哪有人這樣鬧脾氣的，太奇怪了吧！」

「……一點也不奇怪。澪的內褲你吃得那麼高興，咱的就不想吃……誰會這樣侮辱人啊。」

「是啊，誰會這樣侮辱人呢，再說我根本就沒有侮辱妳啊！——喂，住手啊柚希，不要再脫了啦！」

當刃更忍不住出手制止將手搭上裙釦的柚希時——

「就是說啊，柚希姊！上半身脫光下半身穿裙子，可是脫掉內褲卻不脫襪子……現在這樣就某方面來說可能是最強裝備啊！」

「都什麼情況了還興奮到眼睛發亮是怎樣，臭蘿莉色夢魔！」

「…………刃更，拜託嘛……」

「────！」

柚希終於整個人抱上來撒嬌，刃更跟著渾身僵直。

──可是，那並不是因為柚希的擁抱。

簡直就像是連續劇情節──刃更發現最不該來到這個地方的少女，偏偏在這個最糟糕的時候佇立在客廳門口。

「……你們一大早就玩得挺開心的嘛。」

少女嘴角抽搐著這麼說之後，全身發出蒼白的光芒，並帶著「劈啪」的脆響逐漸向周圍空間擴散。那是忍住雷電魔法不放所產生的放電現象。

「你們聽我說喔？今天啊，只有今天喔？我做了很奇怪的夢，結果醒過來以後發現內褲不知道跑到哪裡去，怎麼找也找不到，真的好奇怪喔……後來不曉得是不是錯覺，好像聽到萬理亞把我的內褲煮成早餐請刃更吃之類很難沒聽到的話耶。你們兩個……可以把剛剛說的再對我說一遍嗎？還有柚希為什麼要沒穿衣服抱著刃更，也一併跟我解釋解釋。」

說完，成瀨澪面露冷笑慢慢走了過來。

面對這樣的澪，被半裸的柚希抱著的刃更只能像塊木頭呆呆站著；而他身旁，萬理亞則是不知好歹地聳肩嘆息道：

「唉～真沒辦法……怎麼又變成這樣啦。」

「！——妳還有臉說這種話啊啊啊啊啊！」

刃更放聲大吼，澪的落雷也跟著毫不留情地在東城家的客廳炸開。

3

差點一大早就被轟成焦炭了。

……想不到澪大人會氣成這樣。

吃完兩女相鬥後的尷尬早餐、總算送刃更他們上學後——萬理亞一面在廚房清洗餐具，一面回想澪超乎想像的反應。

——好久沒捱過澪的電擊了，幸好力道有所節制。

最近由於柚希也在東城家同居，澪為這類惡作劇而發火的情況少了很多。只要打出「這都是為了刃更」的招牌，對他表示出明確愛意的柚希就算要犧牲色相也幾乎都會答應。剛剛，柚希不只是理所當然地原諒了刃更，連煽動刃更的萬理亞都能容忍；澪大概就是因為這樣，認為自己若辦不到就顯得沒度量，有輸給她的感覺才沒生氣的吧。

所以萬理亞才大膽地幹了這種好事，可是──

「原來澪大人就算是喜歡的男生吃她的內褲也會生氣呢～」

用具有殺菌效果的洗碗精「白拋拋」將碗盤洗得乾巴巴──不，是亮晶晶，同時，成瀨萬理亞「嗯～」地心想。

柚希那邊應該沒問題吧。不出所料，她一知道被澪搶先一步就不服輸地想立刻追上來；但話雖如此，實在沒料到她會主動脫下內褲來「啊～」這一招。

「我的修為真的還不夠呢……一定要繼續精進才行。」

沒拍到那時候的影片，實在是教人無限懊惱。因為被刃更撾的那個當下，根本無法從布偶裡回收拍攝澪夢境的攝影機。

「至少要記得在家事告一段落後趕快回收那個才行。」

如果連澪今早那個夢的影片都沒能到手，自己就只是一大早被刃更和澪修理，賠了夫人又折兵而已。

萬理亞洗完碗盤後說聲「好」，繼續掃地洗衣。

「今天天氣這麼好，就不用烘乾直接拿出去曬吧。」

接著在更衣間將待洗衣物倒進洗衣機滾筒，取消自動烘乾程序按下洗衣鈕，滾筒開始旋

第②章
虛假笑容的另一面

轉，計測衣物份量；哼著歌倒入適量洗衣精和柔軟精時，水也算好了時間似的從水龍頭流過水管注入洗衣機。確認洗衣機正常運轉後，趁這段時間開始打掃家裡。

——只和澪一起過活時，萬理亞一定會陪澪上學，在暗處保護她。和刃更同居以來，變得只需要上下學時接送；與柚希休戰且同居後，更是連送澪到校門口都幾乎沒了。

因此時間多了不少，即使打掃家裡、洗四人份的衣服都大多能在上午搞定。今天豔陽高照，曬了四人份的棉被又洗了床單，使得洗衣機運轉時間長了不少，但還是在中午過後不久就大功告成。

拿家裡現有的東西簡單弄頓午餐後，萬理亞在下午所做的是利用電腦蒐集各種資訊和研究。

——對現在的刃更、澪和柚希三人而言，最要緊的是加深主從關係。

為此，萬理亞必須時常為他們提供玩不膩又新鮮有趣的遊戲或情境；而且澪和柚希不同，現在的她即使知道自己對刃更的情緒是種「好感」，但卻不曉得那其實就是「戀愛」。

話雖如此，相信澪在不久的將來就會有所自覺才對——一想像她到時候會有怎樣的反應，就讓人好迫不及待啊。說不定，她再也不會為一兩條內褲被吃下肚就大呼小叫了。

「搞不好還會反過來求刃更把內褲給她吃呢……不對，如果變得那麼變態就有點倒胃口了。」

凡事都是適度就好。例如以後無論怎樣調教，都一定要讓澪和柚希維持一定的羞恥心才行……如果向刃更表示服從的屈服行為變成一種例行公事，以催淫效果結下的主從契約就玩完了。

於是成瀨萬理亞坐在客廳落地窗邊的木板露台邊緣，在隨風搖曳的衣物前將從刃更房間拿來的筆記型電腦擺在腿上。

「──好，今天也要加油囉。」

並表情嚴肅地這麼說，開始下載新上市的色情遊戲測試版。這是為了透過實際遊玩來查看是否有值得注意的內容──一旦發現用得上的，就會立刻刷下正式版，進貢給刃更。

一想到如此一天也不鬆懈的努力，正是支持刃更他們的主從契約的最大力量──

「無論發生什麼事，我都不能偷工減料啊……！」

而且如果讓刃更他們做些不上不下的事，自己也會欲求不滿，身體會悶得很難過。如果下次又遇到和今天早上同樣的情況，結果一回神就發現自己真的用香蕉奪走了澪的初體驗……那該怎麼辦呢。尤其現在已經是「真不敢香蕉……！」只能放在心裡，絕對不能說出來的時代啊。

因此成瀨萬理亞為了強化刃更他們的主從關係並滿足自己的性慾，今天也懷著誠摯的心

第②章
虛假笑容的另一面

與色情遊戲正面對決。堅決禁止略過任何對白，用耳機仔細將每一句話聽到最後，誠心誠意地玩下去。

——彷彿要掃去一旦獨處就會陷入陰鬱的情緒似的。

埋首在電腦遊戲的時間過得特別快，下午的時間理所當然地一轉眼就過去——一回神，已經三點了。

吃點心的時間到了。前不久到現在，調教遊戲進行的都是口交場面，讓萬理亞不禁說：

「難怪從剛才開始就好想吃點什麼……」

然後窸窸窣窣地從懷裡掏出某樣東西。那是條又粗又大，角度昂揚得相當英挺的——早上錯失了用武之地的香蕉。

「一個人的下午好寂寞喔，至少用嘴巴體驗一下刃更哥好了。」

如果刃更或澪在家，自己就會一面脫內褲一面開玩笑地說：「那當然是說下面的嘴巴，而且前後都要吃♥」可是一個人做那種事不管怎麼想都很空虛，只好罷手。以溫柔動作剝了皮後，萬理亞將香蕉湊到嘴邊時赫然發現——

「咦！……這是怎樣，剝了皮以後尺寸就跟刃更哥的不一樣啦！竟然有這種構造上的缺陷！可惡，區區一條香蕉也敢在性方面的事情算計我這個夢魔……——啊！所以說，之前我看澪大人和柚希姊吃香蕉看得那麼臉紅心跳，根本是空歡喜一場嗎……簡直是天大的笑話啊！」

原本自己是想低級地啾啪啾啪吸個三十分鐘再吃掉的，既然尺寸和刃更不同，做那種事一點意義也沒有。

正當萬理亞惱怒地張口準備啃香蕉時，東城家忽然來了個訪客。

「喔？妳來啦……」

萬理亞的表情自然地轉成微笑，客人也踏著悠哉的腳步接近露台，輕巧地跳到萬理亞所坐的木板地上，並抬起頭來可愛地喵喵叫。

那是隻三色虎斑母貓。前一陣子，萬理亞上超市買菜回家時在路邊發現牠就追著牠到處跑；結果一起迷了路，最後搭便車回來，一直到現在都有往來。

由於貓有自己的地盤，後來萬理亞將牠送回了那間超市附近；可是牠不知是喜歡上了萬理亞，還是東城家也在活動範圍內……牠偶爾會像這樣來陪陪萬理亞。

這次，母貓以彷彿有所訴求的眼睛直勾勾地盯著萬理亞看。

「妳要這個啊？」

萬理亞發現牠望著自己手上的香蕉就這麼問，母貓跟著表示肯定似的「喵～」了一聲。

「嗯……香蕉鉀很多，對妳的身體可能不太好喔。」

然而這隻貓沒有項圈，多半是沒有飼主的野貓。

第2章
虛假笑容的另一面

至今牠為了生存，應該都是肚子餓的時候眼前有什麼就吃什麼才對。

「好吧，只吃一點點應該沒關係……」

萬理亞將還來不及吃的香蕉尖端捏下一塊，擺到母貓面前。

母貓上去聞了一下味道，就開心地吃了起來。

「這條香蕉啊，在剝皮以前還跟刃更哥的一樣大喔～？」

萬理亞溫柔地摸著貓的頭這麼說時，兩三下就吃完的母貓抬起頭來，又「喵～」了一聲。不過，那並不是為了討更多香蕉。

「喔，好好好……請上座。」

萬理亞將筆電擱到一邊，母貓跟著跳到空出位置的萬理亞大腿上。每當這隻母貓來訪，萬理亞總會將自己的腿貢獻給牠。母貓在萬理亞腿上「咕啊～」地打了個呵欠後，一如往常地蜷成一團閉上眼睛，讓萬理亞呵呵輕笑著撫摸牠的頭。

——萬理亞並沒有替這隻貓取名。

這是為了避免對牠投注太多感情。母貓也彷彿有類似的想法，不是每天都來，像這樣借萬理亞的腿打盹近一個小時後就會不知蹤影。儘管萍水相逢而感到彼此投緣，也不會因此太過接近——像現在這樣不知道姓名卻相處得很愉快，有如成熟女性般的關係，以及能和牠一起享受閑適的午後時光，萬理亞都挺喜歡的。在牠起床時出門，還能在超市人潮變多之前買點菜回家。

可是——今天她無法那麼做。

「…………有什麼事？妳不是跟我講好不會來這裡嗎？」

萬理亞不想吵醒在她腿上睡午覺的貓，微笑著輕聲說道。

「————」

可是母貓似乎敏感地察覺萬理亞的氣息有所變化，突然睜大雙眼。

接著跳下萬理亞的大腿，緊張地壓低身勢注視虛空。

東城家庭院中的空間隨後忽地扭曲歪斜，一名美麗的女魔族憑空現身。

褐色肌膚的女魔族——潔絲特以冰冷眼瞳垂視萬理亞。

「——佐基爾閣下有些話命令我直接轉告妳。」

並說：

「閣下已經準備好從成瀨澪體內抽出威爾貝特的力量，並決定在明天行動——屆時妳也要提供協助，就是這麼回事。」

「………………」

聽了潔絲特的話，萬理亞一語不發，心想——這一刻終於來了。

——不過，其實萬理亞心裡有數。前天，萬理亞和瀧川八尋——拉斯對話的一幕，不巧

第2章
虛假笑容的另一面

被刃更撞見了。當時是拉斯主動向她出聲，她也就地試圖矇混過去，誰知刃更也在那裡。

佐基爾企圖捕捉澪，想將沉睡在她體內的威爾貝特的力量占為己有；這對同樣想得到那股力量的現任魔王雷歐哈特而言，與背叛無異。而拉斯是目前雷歐哈特派來監視澪的人，如果他來問話，透露出任何意圖被看透的蛛絲馬跡，說什麼都得編個藉口裝傻到底不可。

拉斯離開後，刃更一見到萬理亞就問起剛才是怎麼回事。儘管後來像是聽信了她臨時編的理由，但心中應該還是留下了小小的疑竇。所以當時，萬理亞認為自己就快瞞不下去了。

無論是這個狀況──還是自己的心。潔絲特見到萬理亞突然沉默下來，輕聲問道：

「──有什麼問題嗎？」

「沒有。只是覺得，這種事沒必要特地跑來這裡跟我說。」

萬理亞回答：

「刃更哥和柚希姊在這個家周邊設下了監視結界。雖然因為有我和澪大人在，還不至於禁止出入──可是一旦有魔族入侵，就會留下魔力的殘跡，被他們發現了該怎麼辦啊？」

既然計畫明天行動，更應該避免這麼輕率的行為吧？

可是，潔絲特似乎不以為意地說：

「不必擔這種心。進入這裡之前，我已經將我的魔力降到最低。假如那兩個勇者一族的人還是發現了我魔力的痕跡，就請妳隨便找個理由吧。例如『有低級惡魔被前任魔王的力量引來，被我消滅了』……之類的。」

這樣就應該沒問題了才對。

「妳已經說了那多謊……如今再多一個也沒什麼大不了的吧？」

「——」

這話讓萬理亞不禁有點反應。她從露台站起，激憤得以燃起殺意的雙眼瞪視潔絲特，周圍空氣霎時僵結。一邊的母貓見到萬理亞突然變了個人，彷彿害怕萬理亞更甚於潔絲特般拔腿就跑。

「…………」

潔絲特毫不懼於萬理亞的殺意，默默地注視著她。

萬理亞很快就察覺她眼眸深處有著什麼，下意識地咬起了唇。

「！——」

並明白了她為何特地來到這裡。

……他正在看我吧。

不會錯的——潔絲特正透過雙眼，將她所見的影像回傳給佐基爾。

佐基爾沒有親自跑這一趟，派潔絲特過來，一定是為了看看終於要正式背叛澪的萬理亞有什麼反應當作消遣；還會一邊玩弄那些被他當成性奴的女人，一邊觀賞這個情景。

第2章 虛假笑容的另一面

……那個敗類……！

「——那我告辭了。」

萬理亞臉上藏不住的苦悶表情，似乎已讓看著這一切的佐基爾感到滿足。潔絲特短短這麼說之後就融入虛空般消失無蹤。

「…………………………………………………」

留在原地的萬理亞愴然兀立，緊緊地痛握右拳。

……終於要來了。

明天，自己就要完全背叛澪他們。

可是——萬理亞不希望在這裡就畫下句點。

澪一到手，佐基爾的注意力一定會集中在她身上。要趁這個機會，在他玷污澪之前打倒他和潔絲特——並盡一切力量救出被俘虜的母親雪菈。雖然平常的萬理亞基本上是不可能打倒佐基爾或潔絲特——

……只要用絕招，應該……

若使靈子中樞超載而暫時解除限制——短時間內，應足以和佐基爾他們一決勝負。單獨對抗佐基爾和潔絲特是很吃力，但也只能這麼做了。假如怎麼也打不倒佐基爾——

……至少，也要利用這個女的……

萬理亞並沒有乖乖服從佐基爾。為了救出雪菈，她曾趁佐基爾和潔絲特不在時潛入佐基爾的藏身處進行調查。

當然，萬理亞一開始就很清楚，佐基爾不會把雪菈關在那麼容易找的位置，但還是想試著找出可能的線索。而最後雖沒找到雪菈人在何處的線索，卻在佐基爾的房間內發現了耐人尋味的東西。那是個能產生立體影像的裝置，狀似某種相當古老的魔導具。按鈕啟動後，裝置映出一名女性的影像。

——是潔絲特。

的確，潔絲特是佐基爾的左右手；可是與他那些疼愛有加的性奴相比，他對潔絲特的態度似乎有些冷淡。

潔絲特的強大魔力，是源自於她的貞潔——因此，萬理亞原以為對好色的佐基爾而言，潔絲特雖能做些戰鬥或諜報工作，卻是不能以最重要的女性身分提供娛樂的失敗作，才會給予差別待遇。

然而——發現那個裝置，讓萬理亞開始考慮新的可能。其實佐基爾是比任何人都還要重視她，才不將她當成性奴耍玩洩慾，而是當寶貝一樣愛惜。平時的冷淡態度，是為了與她保持一定距離，以免自己一時亂性染指於她……倒也合情合理。

——當然，這也可能只是萬理亞自己想太多了。

第②章
虛假笑容的另一面

不管怎麼想，都很難想像那個佐基爾心裡會有這麼純粹的愛。

但無論如何，潔絲特都無疑是佐基爾的左右手。對於背叛了現任魔王雷歐哈特的佐基爾來說，自己的性命就懸在她的身上。只要善加利用，應該能製造佐基爾的破綻。一定要成功——當萬理亞如此在心中固實這悲愴的決意時，某種柔軟物體碰上了她的腳。

低頭一看，原來是剛才逃出庭院的母貓又回來在她腳下蹭來蹭去。

「不可以啦……妳以後不要再來這裡了。」

萬理亞苦笑著這麼說，而母貓似乎為她擔心，抬頭看來。

「……不用擔心我啦。」

於是萬理亞蹲下摸摸牠的頭，說給自己聽似的低語。

「……差不多該去買晚餐的菜了。」

走回家裡的途中，萬理亞告訴自己，今天要比平常更加把勁。這是她最後一次為刃更他們做晚餐，到了明天，自己就再也回不了這個家了。

——明天，絕對要打倒佐基爾，救出雪菈。

可是，這並不能和嚴重背叛刃更他們、使其陷入生命危險畫上等號。

所以——就算戰後大家平安無事，刃更他們也多半不會原諒萬理亞，而萬理亞也不會原諒自己……救出雪菈後，她會返回魔界，接受穩健派的處分。嚴格的姊姊絕不會原諒她過去所做的事，以及她就要犯下的錯。

但那並不重要。成瀨萬理亞心中，有些無論如何都要保護的事物。要保護那些全部——除此之外別無他法。

「……沒其他辦法了。」

向刃更他們坦白一切，請求他們的協助——萬理亞拚命將這個選項趕出腦袋。一直以來都在欺騙他們的自己，早已沒有餘地選擇如此依賴他們的行動，也不再會有令人不禁想抓住不放的大好機會幫她脫離困境。

「啊——……」

想到這裡，萬理亞忽然感到溫熱的物體滑過臉龐，讓她趕緊擦擦眼睛。

「啊哈哈……真是的，我怎麼在這種時候還這個樣子啊。」

萬理亞兩手拍了拍臉頰。

——刃更他們就快回家了。先不說澪，刃更和柚希的感覺相當敏銳。只要表情與平時稍有不同，馬上就會引來他們的疑心吧。

至今自己的「謊言」沒被發現，是因為萬理亞在刃更他們身邊時，盡量不想被佐基爾以母親做人質要脅的事。

因此——要趕快換回以往的心情才行。

反正自己能守護一切還是會痛失一切，答案就要揭曉了。

雖然到最後，自己還是得繼續對刃更他們撒謊。

……但就算如此。

成瀨萬理亞依然不願讓這份心意變成謊言。

不只是對母親雪菈，還有另一群家人般的重要夥伴。

絕不能讓這份心意——成為謊言。

4

爾後——這天夜裡。

成瀨萬理亞一如往常地完全壓抑了自己真正的想法。

煽動柚希、讓刃更嚇一跳、惹澪發火。

相對地，她也一道道地精心製作了他們喜歡的菜餚。

一如往常地，三人都讚不絕口，讓人開心得淚水在眼裡打轉。

萬理亞將他們今晚每一個表情和每一句話深深刻在腦海裡，作為最後的回憶，永遠不願忘記。

現在的自己，是不是笑得很自然呢。

有沒有扮演好平時的萬理亞呢。

不只是澪他們——有沒有連自己都徹底騙過呢。

這樣的話，在萬理亞心裡一次又一次地迴盪。

第3章 一直很想對你坦白

1

自幼，野中胡桃和精靈關係就很好。

因此五年前，勇者一族的「村落」遭悲劇侵襲後，相對於姊姊柚希不斷習得各種劍技、全能型劍士的才能逐日發光；胡桃則是展現了她精靈魔術師的天分。如今，她已經成長到在「村落」的精靈魔術師中數一數二的程度。

然而——這樣的胡桃現在卻無法順利運用自己的力量。因為她來到了與平時借助她力量的精靈難以聯繫的地方——魔界。

穩健派魔族的根據地維爾達，從前是受譽為史上最強的前任魔王威爾貝特所統治的城市，擁有豪華的城堡和熱鬧的城鎮；周邊圍繞著奧朵拉森林等豐富自然資源。此刻，野中胡桃人就在流經維爾達城附近的佛斯特河中游。

「————」

胡桃佇立在布滿砂礫和岩石的河岸上，將具現出操靈術護手甲的左手掌伸向河面，集中意識打開與精靈的聯繫。

同時，胡桃伸出裝上操靈術護手甲的左手——前方的虛空接著出現魔法陣，原本只是潺潺流過的河水隨即起了變化；慢慢捲起直經約一公尺的漩渦，然後直接捲上空中，濺起細小的水沫。胡桃更加集中精神，捲起的水徐徐化為某種神獸。

是龍。

「……喔喔～？」

在一旁大岩塊上出聲讚嘆的，是陪胡桃來到這裡的夥伴——夢魔少女成瀨萬理亞。

「——！」

在萬理亞的注視中，胡桃忽然繃起面孔——緊接著，捲起的水無法維持龍形而崩毀，大量的水瀑布似的落回河面。

「好厲害喔，胡桃！才一兩天就能做到這種程度了耶！」

「…………這樣根本不行啦。」

萬理亞佩服地拍起手，胡桃卻沉著臉這麼說。

——胡桃喚來的是水屬性的精靈。一般而言，會借助她力量的精靈有溫蒂妮、涅瑞伊得、阿普薩拉絲等。

第3章
一直很想對你坦白

可是由於她人在魔界，無法順利接通與精靈的聯繫。像剛剛，原本是該創造出更為巨大的水龍，並當場一飛沖天才對——結果，連這種大小都維持不了。

胡桃呼喚精靈的方式與平時無異，卻感到他們的聲音或反應非常遙遠。恐怕，現在的胡桃連在人界時一半的力量都使不出來。

「不要急於一時嘛，這裡是魔界——妳又是勇者一族呀。」

萬理亞苦笑著從岩石跳到胡桃身旁，說：

「來，訓練至此也差不多了，休息一下吃午餐吧。廚房的侍女替我們做了三明治喔。」

說完，萬理亞打開手上的大籃子給胡桃看，裡頭塞滿了夾進肉片、蔬菜、雞蛋等各式餡料的三明治。不愧是出自負責城堡餐點的女僕之手，教人食指大動。可是——

「就算我們兩個再怎麼會吃，這樣也太多了吧……？」

「胡桃妳今天早上沒吃什麼東西，這樣剛剛好吧。」

「…………」

萬理亞的話讓胡桃沉默下來。是的——胡桃幾乎沒動到今天的早餐，來到餐廳就座後沒多久就離席了。

胡桃會這樣，是因為發生了令她難以接受的事。見胡桃沉默不語，萬理亞一面在河畔草地鋪開看似用麻織成的毯子當野餐墊，一面問：

「……妳還在為刃更哥和潔絲特結主從契約的事生氣啊？」

沒錯──今天早上，她得知了刃更和潔絲特結下主從契約的消息。

當然，刃更在來到魔界之前就說過若有保護潔絲特的必要，可能會和她結下主從契約，而心腸好的刃更說這種話也不奇怪；就一句話而言，胡桃當時還能接受。然而實際聽見這種事真的成真時──胡桃才發現自己要接受刃更和潔絲特締結主從契約，是有條件的。那就是──

……我還以為姊姊或澪一定會罵人呢……

由於覬覦澪力量的佐基爾殘殺了她的養父母──說起來，他應該是澪和刃更的頭號大敵，而潔絲特曾是那種男人的部下；若要和刃更締結主從契約，澪應該只是嘴上和胡桃一樣表示諒解，可是心裡其實絕對無法接受吧。

但沒想到──柚希和澪只是沉默了一陣子，接著就認同了刃更和潔絲特的契約。這場面讓胡桃大叫了一聲：「什麼？」下意識地站了起來──

……可是。

胡桃再也吐不出一個字，因為她以前也曾一度與刃更為敵。既然不曾嚴重背叛刃更的柚希和澪都沒意見，自己實在沒立場抗議。

──儘管如此，大家還是能體諒胡桃的情緒。

第3章 一直很想對你坦白

刃更和潔絲特早知會挨罵似的沉默不語，而柚希、澪、萬理亞三人也似乎都明白胡桃和刃更他們的心情，什麼也說不出口；可是，大家投來的眼神是那麼地令人難堪——一回神，胡桃已經跑出餐廳，獨自在走廊漫步了。後來她在走廊偶遇侍女諾耶，便向她請教這附近是否有溪流而得知了這個地方。

——野中胡桃想到河邊，是有原因的。

五年前的悲劇發生前，刃更仍在勇者一族的「村落」時——胡桃時常和刃更跟柚希一起到附近的河邊玩耍、釣魚、游泳，就像真正的兄妹一樣過著相親相愛的日子。小他們一歲的胡桃，總是很得刃更和柚希的疼愛，與他們一同累積了無數幸福的回憶。

還以為這些——在五年前的悲劇那天就全都沒了呢。

可是五年後，經過那悲哀的再會、一度交手——卻發現刃更依然沒變，還是很重視著她。所以，儘管是因為任務需要，能和刃更住在同一個屋簷下時，胡桃真的很高興；並打從心裡認為，大家能夠一點一滴地恢復從前的關係。其實，胡桃很想和大家一起來河邊，希望刃更和柚希能想起童年，稍微更接近當年；同時加上澪跟萬理亞，共創新回憶。假如——潔絲特也在那裡，胡桃也不會介意。

……不過。

前提是潔絲特沒和刃更締結主從契約。

吧。

聽說，潔絲特擁有S級的實力。與刃更結了契約，她會變得更強，也幫助刃更提昇力量

……儘管如此。

野中胡桃心想——輸給誰都可以，就是不能輸給潔絲特。

所以胡桃獨自來到這裡，希望盡量熟練露綺亞提供的黑色元素而開始訓練；萬理亞跟著她到這裡來，是後來不久的事。萬理亞在野餐墊上擺好三明治和其他配菜後，說：

「總而言之，我們先來吃午飯吧。肚子空空的話，腦袋也會不靈光，事情容易往不好的方面想喔。」

「…………嗯。」

野中胡桃點點頭，坐在萬理亞身旁享用今天第一頓飯。

廚房侍女做的三明治實在好吃極了。

原以為滿滿一籃的量兩個人吃不完，但在早餐幾乎沒吃的影響下，一開動沒多久就和萬理亞一起掃光了。儘管心裡鬱悶，人一旦用美食填飽肚子，多少都會打起一點精神。

見到胡桃稍微恢復的樣子，萬理亞笑著說：

第3章
一直很想對你坦白

「看吧？我就說吃得完嘛。」「……嗯。多謝款待。」

胡桃結束午餐後，萬理亞將水壺裡的飲料倒進杯子說：

「來，胡桃。給妳喝～」「謝謝……」

胡桃接過杯子，一口飲盡杯裡飄著溫暖蒸汽的茶。茶的溫暖和沁通口鼻的清淡芬芳，使得胡桃自然地放鬆身體。

「——平靜一點了嗎？」

萬理亞眼神溫柔地問。

「胡桃是精靈魔術師……又是勇者一族，如果妳在心浮氣躁的狀況下用魔法，會讓魔界的精靈們緊張，不肯幫妳喔？」

「我哪有心浮氣躁……」

萬理亞聽了胡桃鬧彆扭似的這麼說，苦笑著回答：

「我知道妳在意刃更哥和潔絲特的事……但既然這些好吃的午餐和茶都讓妳放鬆下來了，如果再胡思亂想、把心情搞砸了，不就太浪費了嗎？」

「…………嗯。」

萬理亞說得沒錯……要與魔界的精靈作心靈交流，首先要取得對方的信任。從操靈術的護手甲上，可以看出嵌在凹槽中、用來與精靈們聯繫的各屬性元素都較平時黯淡許多。

……可是。

這樣還已經算是好多了。昨天剛來到魔界時，元素在強力魔素的影響下完全混濁不清，就連要感到精靈的存在都很困難。

而這樣的胡桃能使出這種程度的魔法，是因為有個女性給了她能更容易與魔界精靈聯繫的黑色元素。

「……萬理亞的姊姊到底有什麼打算啊？」

胡桃看著嵌在凹槽中的黑色元素說。

「竟然給我這種東西……她說這是我和妳作朋友的謝禮，可是她不是那個討厭澪的拉姆薩斯的副官嗎？」

「就是說啊……我也有點難想像，那麼嚴格的露綺亞姊姊大人會因為我們感情不錯就給妳特別待遇。」

萬理亞也「嗯……」地思索起來。

「說不定是她個人對妳有點好感喔……」

「是怎樣……我又沒做什麼會討妳姊姊高興的事。」

「哎呀——真的沒有嗎？」

「怎麼會有。」

第③章

一直很想對你坦白

「……嗯哼～這樣啊。」

胡桃迅速回答後，萬理亞不當一回事似的喃喃地回應。

「──那我就告訴妳吧！」

然後一這麼說就把胡桃壓倒在野餐墊上。

「萬理亞，妳幹麼……？」

胡桃又驚又急地叫出聲時，萬理亞已經動作熟練地解開胡桃衣服的鈕釦、敞開胸前，再把手伸到胡桃的裙釦上。

「我都聽說囉，胡桃……妳昨天在露綺亞姊姊大人的辦公室幹了什麼好事。」

「！──」

萬理亞不只是趁胡桃嚇得抽口氣的短暫破綻解開鉤釦，連拉鍊也一併拉開，將整條裙子扯了下來。

「等、等一下……那個，不是啦……！」

滿臉爆紅的胡桃試著抗拒，但在力量型的萬理亞面前，那點掙扎一點意義也沒有。

「直到今天，我一直在幫妳想辦法追上澪大人和柚希姊；可是妳卻偷偷背著我在露綺亞姊姊大人面前讓刃更哥做那種事……而且那還是因為妳偷看我被刃更哥處罰是吧？」

說到這裡，萬理亞已將胡桃的上衣和胸罩整個剝去。

「妳……笨、笨蛋！」

胡桃連忙遮起胸部，兩隻手卻被萬理亞用尾巴捆了起來，舉到頭上去；再欺負她雙手受制，一件一件地脫下胡桃的鞋襪。

「呵呵，胡桃妳真是難搞……昨晚洗澡的時候，怎麼沒聽過妳說這種話呀？」

「因、因為……」

萬理亞不理會支吾的胡桃，不停地脫下去，最後——

「啊啊……」

胡桃幾乎發不出聲音似的細細地叫了一聲。

她上身赤裸，下身只剩下一條內褲；在藍天下如此暴露，羞得她全身發紅。這更加煽動了萬理亞的夢魔本能，兩眼冒火地將胡桃上下打量一遍，接著自己也脫了起來，和胡桃一樣只剩內褲。

「妳被露綺亞姊姊大人看中，身為朋友的我當然會恭喜妳呀，有什麼好瞞的呢，真是的……都什麼交情了，怎麼還這麼見外呀。」

萬理亞呵呵笑著說：

「——一定要好好處罰處罰妳才行。」

話一說完，萬理亞就掰開胡桃的雙腿壓了下去。

第3章
一直很想對你坦白

「不要……萬理亞……！」

胡桃拚命抵抗，可是在雙手被捆的狀態下毫無效果，雙腿又被扣住，只能眼睜睜看著萬理亞微微隆起的胸部在自己胸上淫蕩地蹭動。

「啊！啊啊……啊啊啊啊啊啊♥」

剎那間，胡桃甜甜地叫出聲來。那不只是因為萬理亞這淫魔的愛撫能造成難以置信的快感，胡桃為了追上澪和柚希，聽從了萬理亞魔鬼的誘惑，每天都在東城家和她做盡各種羞人的事，使身體便理所當然地熟悉了肉體快感的滋味──到了最近，即使沒有結下主從契約，也變得和澪跟柚希一樣敏感。

「呀啊……我、這樣……！在外面……」

儘管羞得無地自容，遍布全身的快感還是讓她的身體不受控制地抖動。

「沒什麼好怕的……我這是要幫妳變成刃更哥喜歡的女生，就像是澪大人跟柚希姊那樣呀。」

接著，萬理亞在胡桃臉上吐舌一舔。

「啊──……」

能變成刃更喜歡的女生──一這麼想，胡桃就接受了萬理亞的恣意擺布，任快感左右她的一切。

「呵呵呵……我馬上就讓妳想起來，除了刃更哥以外到底還有誰會這麼疼妳。」

萬理亞臉上浮出好虐的笑，將唇往胡桃的左腋湊去。

下個瞬間，朝她最脆弱的部位猛力一吸——

「！——呼啊啊啊啊啊啊啊啊♥」

在藍天下得到強勁高潮的野中胡桃，抖著全身放出至極忘情的媚叫。

2

也許是因為在野外做這種事，萬理亞比平時還要亢奮。

胡桃被萬理亞瘋狂地澆灌女性的愉悅，全身被愛撫到骨頭都融了似的站不起來，直到她滿意為止。所以，後來根本沒辦法繼續訓練——休息到陽光西斜才一起回到維爾達城去。

胡桃緊接著前往的，是浴室。一來不能帶著女性氣味回去，二來可能是因為和萬理亞在河裡清洗過的關係，身體有點冷。

如果因此感冒了，自己可會真的變成大家的包袱。

絕對要避免這種可恥的事發生。

第3章
一直很想對你坦白

……而且。

自己在早餐桌上態度那麼糟，還抬不起頭回去見大家。

尤其是——完全不知道該怎麼面對刃更和潔絲特才好。雖不想就此逃避下去，但還是希望大家能多給一點時間……藉故和萬理亞在走廊分頭後，胡桃來到浴室更衣間脫光衣物，踏進大浴場中。

並發現晚餐時間還沒過，浴場裡就已經有人了。

是柚希和澪。

「啊……」

胡桃訝異地輕聲驚嘆，洗著澡的兩人也發現她的到來。柚希和澪見到胡桃突然一臉尷尬，對看一眼後表情溫柔地說：

「回來啦，胡桃……」

「萬理亞好像去找妳了，有妨礙到妳嗎？」

然後對她笑了笑，彷彿毫不介意胡桃早上的反應。

「……今天早上，對不起。」

因此，胡桃滿懷歉意地來到柚希她們身邊，低著頭道歉：

「妳們都同意刃更他們結契約了……結果根本沒立場說話的我還那種態度。」

接著，胡桃看向內心多半比自己更亂的少女。

「就連澪……經歷過佐基爾那種事的人都能接受她了，我卻……」

「胡桃，妳不必道歉啦。我自己其實也嚇了一跳……雖然刃更一開始就說過了，可是我到最後心裡還是很複雜。」

澪輕輕地苦笑，移到旁邊的浴椅。

「來，坐這邊。」

澪和柚希之間雖因此空出一個位子，胡桃卻坐不下去。要坐在兩人之間……和早餐在餐廳的席次一樣。自己就是在她們之間一時激動，逃離了那個地方。

「…………」

見到胡桃站著不動，柚希體貼地拉了拉她的手。

胡桃便得到允准似的慢慢坐下。

「胡桃……妳身體有點冷喔。」

對於注意到她體溫的柚希，胡桃點點頭回答：

「……因為出去的時候，我在河裡泡了一下。」

「那就趕快進浴池暖暖身子吧……有話到那邊再說。」

在澪的催促下，胡桃又點個頭，用熱水沖沖身體。

第3章 一直很想對你坦白

接著──和柚希跟澪一起走向浴池，夾在她們中間坐進池水。溫和暖意的圍繞，使身體跟著舒服地放鬆。

……啊。

這時，柚希和澪的手都疊上了胡桃拄在石製池底的手。

「──妳知道我為什麼會同意刃更和潔絲特的事嗎？」

左側的澪以此為前言，繼續說：

「我能接受他們結契約，是因為柚希跟妳的關係。」

「……我跟姊姊？」

「對。柚希跟妳一開始不是與我和萬理亞敵對嗎，可是現在卻住在一起。這或許是刃更的緣故沒錯，但如果妳們真的覺得我很危險，無論刃更說什麼都不會放過我們吧？」

然而──

「柚希跟妳卻沒有那麼做……這是因為妳們相信我和萬理亞不會危害刃更吧？」

「我……」

聽見胡桃那表示肯定的含糊，澪微微笑說：

「其實我也一樣……將不再和刃更敵對、認同了我們的柚希和妳當成同伴，或是朋友那樣。」

還有——

「在魔界又見到潔絲特那時……我發現她絕對再也不會傷害我們，就開始覺得，說不定她也能和妳們一樣，和我們一起相處。她成為雪菈小姐的隨行侍女以後，我看到她還是用很對不起刃更的眼神看著他……就想到以前的我。」

「以前的妳……？」

「嗯……爸爸媽媽被佐基爾殺掉以後，發生了很多事；那段時間，我除了萬理亞以外誰也不敢相信——特別是男人。」

說到這裡，澪那彷彿想起糟糕往事的表情忽然平穩下來。

「不過……刃更即使知道我們是為了騙他才接近他的，卻還是對我們很好。知道我們的遭遇以後，他還特地追上來救了我們。那時候，柚希還會勸刃更不要管我的事；可是……」

澪又重複一次「可是」，說：

「刃更還是說他要保護我……他現在仍舊很珍惜柚希這個青梅竹馬，也沒有忘記自己在五年前做過的事；但他還是說，如果需要保護這個世界的勇者一族不能保護我，他就有義務那麼做。」

那時候……我開始有個想法。

「說不定，刃更和迅叔叔真的是我能信賴的人，男人不是都像佐基爾、管理我們家財產的律師或街上那些痞子那樣；有些人是會像真的家人……像哥哥一樣，重視我、關心我。」

所以喔。

「一這麼想……我就高興得差點哭了。」

「——————」

澪這時的表情，讓胡桃重新體會到這個名叫成瀨澪的少女對刃更有著怎樣的感情。其實，那與自己從小就見慣了的側臉——想著刃更時的柚希一樣。

「對於被我們交給穩健派處置的潔絲特來說，雪菈小姐的存在，大概就是萬理亞之於我的感覺吧；而且，就像我遇見刃更以後變得需要他一樣，潔絲特也遇見了刃更——變得需要他。另外柚希跟妳雖然曾經反對過，可是最後還是同意我繼續待在刃更身邊；而刃更也是以幫助我那時的想法，對潔絲特伸出援手。」

所以——

「既然這樣，我也應該接受潔絲特才行……我是這麼想的。」

「……儘管她是殺了妳父母的仇人的部下？」

澪「嗯」地點頭，回答胡桃的問題。

「假如……殺了我爸媽的是潔絲特，我大概就沒辦法原諒她了，不過那不是她做的……會和我們敵對，也是因為佐基爾創造了她，身為屬下的她必須服從而已。這種狀況，不是和媽媽雪菈被當作人質而必須服從的萬理亞一樣嗎？現在，這一切的元凶佐基爾已經不在了；我知道短時間內可能很難和她打成一片，但我還是希望能夠慢慢跟她一起敞開心胸。」

這些話，是澪由衷認同刃更與潔絲特締結主從契約的肺腑之言。因此──

「……那姊姊呢？」

胡桃轉向另一邊問。

「──我的想法，從五年前就沒變過。」

柚希表情淡然地說：

「下次我一定要保護刃更──我就是為了這個才變強的。」

接著──

「刃更現在就像五年前保護我那樣，拚命地想保護我們大家……所以我的使命，就是在身邊保護他、支持他。如果潔絲特也有這種想法，我就能當她是同伴；相反地──」

柚希眼神忽然一冷。

「──真心想傷害刃更的，無論是誰我都不會放過。不管那是潔絲特……還是澪或萬理亞。」

澪聽了不禁輕聲苦笑。那反應並不像是無奈於柚希的個性，反而接近於來自某種程度的信任。

第 3 章
一直很想對你坦白

——不過，胡桃笑不出來。相對地，她語氣平靜地問：

「…………連我也一樣嗎？」

「…………我說過了。我不放過的，只有真心想傷害刃更的人。所以——」

柚希握起與胡桃疊在池水中的手，輕輕地抱住她的腰摟近。

「姊姊……？」

稍感詫異的胡桃抬頭注視著眼前的柚希問。

「我比誰都清楚——不管是過去還是以後，妳都做不到那種事。妳和高志跟斯波一起來的時候，雖然妳說妳很恨刃更，到最後也沒有真心想殺了他。」

「嗯……」

柚希溫柔地微笑，輕撫胡桃的頭。這時——

「……我問妳喔？妳早上跑出去以後，萬理亞不是帶餐點跑去河邊找妳嗎？」

澪以話中有話的口氣這麼問，讓胡桃不解地姑且先點點頭。

「那是因為，萬理亞說她是最適合帶妳回來的人……所以就接下這個任務去找妳了。」

儘管從她特地帶了餐點可以看出她的關心，可是——

「原來……萬理亞說過那種話啊。」

來到河邊後——萬理亞感覺和平常沒什麼不同，單純地陪著她。

這貼心的舉動是很令人感激，但最後卻被萬理亞強行壓倒，讓她以為萬理亞又只是想和平常一樣用那種快感把事情混過去；不過——

……難道，她一直以來其實都是……？

在東城家，自己也時常被萬理亞纏著胡搞瞎搞——那也都是別有用意的嗎？當胡桃如此對萬理亞心存感謝時——

「——可是啊，萬理亞會這麼說，是因為有個人失去了平常的冷靜，想馬上出去追妳回來喔。明明妳是一時無法接受他和潔絲特結主從契約，他還一臉嚴肅地說一定要和妳解釋清楚才行呢。」

澪以帶著笑意的聲音這麼說。

「咦……？」

胡桃聽了不禁反問。

「然後我們跟他說，他只會愈描愈黑……所以萬理亞就自願去找妳了。結果啊……」

澪呵呵笑著說：

「他說什麼都不願一讓妳一個人跑出去呢。萬理亞想請侍女幫妳做餐點，等到做好拿到妳那邊，多少要花一點時間……可是妳現在剛來到魔界還不習慣，使不出原本的力量，他怕妳遇到狀況會沒辦法應付。」

所以——

「他說如果不出聲，在萬理亞來之前躲在附近看著妳應該就沒問題，然後就直接跑出去追妳了——妳沒發現呀？」

「……刃更他，有來找我？」

「嗯。還有，妳知道萬理亞帶去的餐點……是哪個侍女做的嗎？」

「————」

聽了澪暗示明顯的話，胡桃再也無話可說。接著——

「胡桃……洗完以後，記得去找他們喔？」

「…………嗯。」

柚希囑咐性地問，胡桃跟著老實地點頭。

一定要向他們兩個好好道歉，還要謝謝他們——並在心中如此篤思。

3

不過在晚餐桌上，胡桃無法向刃更和潔絲特道謝。

並不是因為胡桃在他們面前坦率不起來。

——而是刃更和潔絲特沒來用餐。

昨夜，刃更不只是和潔絲特結了主從契約。由於刃更的說明被胡桃打斷，導致澪她們也沒聽到後續……他原來還要說，自己與穩健派現任首領拉姆薩斯起了衝突。

因此，刃更似乎受到了不得擅出維爾達城的禁令，而事情就出在他違令出城追胡桃；這使得刃更今晚禁止離開自己的客房，也不得與胡桃她們見面，直到明早為止。為慎重起見，還有侍女守住房門，不准任何人進出。

就連潔絲特也因為做了萬理亞要送給胡桃的餐點，離開原來職守下廚而遭到責罰，被派去整理書庫。

——原本，只是下個廚並沒有什麼大礙。

問題是，儘管潔絲特是在雪菈的促成下和刃更締結契約；但沒有經過拉姆薩斯或克勞斯等穩健派高層的同意，多少有些影響。雪菈雖說服了拉姆薩斯，不為主從契約一事追究潔絲特的責任；可是刃更這次的違令行為，還是使她遭到了連帶處分。所以——

……兩邊被罰都是我的錯……

夜幕中的維爾達城——野中胡桃屈膝抱腿，坐在月光錯落的中庭暗處。之前她還都待在女性客房，不過澪和柚希的安慰反而讓她待不下去而離開房間——最後來到了這個中庭。

第③章
一直很想對你坦白

「……我明明最不想做的就是拖累大家啊……」

一想到自己給周遭的人帶來了怎樣的麻煩，胡桃就深深地厭惡起自己。

此外——除了刃更和潔絲特，胡桃擔心的還有一個人。

那就是回城後分頭以來，就再也沒看到人影的萬理亞。聽侍女諾耶說，有人看見她被召進母親雪菈的房間內，晚餐時去叫她卻沒人應門；從房外觀察一下，房裡好像根本沒人。

……該不會萬理亞也……？

像潔絲特因為刃更的問題受罰一樣，也被追究責任了嗎？

在佐基爾事件中，萬理亞為了拯救成為人質的雪菈而背叛了刃更他們，現在立場在穩健派內非常微妙。甚至昨天她一到魔界就被露綺亞叫去她的辦公室，接受了嚴厲的處罰。

刃更會擔心胡桃而出城，是因為萬理亞沒立刻追出去，先請潔絲特做餐點的緣故。換個角度來看，也能說刃更和潔絲特會做出足堪受罰的行為，萬理亞也有一部分責任。雖然似乎有些牽強，但是從行動中找出破綻或失誤，再放大對手的缺點使自己處於有利立場，在政治中可是常用伎倆；因此只要攸關政治事務的事，最重要的就是冷靜地下判斷。

「……一定要小心才行。」

野中胡桃再次對自己這麼說，抬起低垂的臉。

自己的確連累了刃更和潔絲特，或許萬理亞也遭了殃——因此，不能再繼續給大家添麻煩。自己雖不需處理政治問題，卻仍跟著繼承前任魔王血統的澪踏入了這個將大幅左右魔界命運的關鍵之地，一定要時時警惕自己——當胡桃如此重定決心時，有個人悄悄踏過中庭草地來到她身旁。

「————」

胡桃表情忽然緊繃，站了起來。

來人是一名侍女，但不像討人喜歡的諾耶或其他優雅的侍女，散發著絕對零度般令人凍結的美感。

「——妳在這裡做什麼？」

來到胡桃面前的露綺亞低頭問道。昨天刃更代為處罰胡桃，使她為快感迷亂時，露綺亞就是用現在的眼神看著她，讓她想起了自己在她面前高潮的經過，立刻緊張又害羞地紅起臉頰、別開眼睛。

「！……沒什麼……只是一個人想點事情而已。」

「這樣啊……——對了，妳有見到家母和舍妹嗎？」

「沒看到……我已經在這裡坐很久了。」

由於說謊也沒用，胡桃便實話實說，接著反問：

「還沒找到她們啊？聽說晚餐前，她們還在一起……」

第③章 一直很想對你坦白

「是的。她們不曉得跑到哪裡去了，目前仍無法掌握行蹤。」

「她們沒事嗎？我是說……她們，會不會是捲進某些麻煩之類的。」

萬理亞遲遲未歸，讓胡桃等女孩都很不安。

「不需要擔這個心。家母和舍妹會失蹤，是為了躲我。」

「咦……？」

「詳細原因我不能告訴妳，總之她們沒事……反而，精力還旺盛到完全沒經過我的同意就擅自做了那種事呢。」

「這、這樣啊……」

儘管露綺亞似乎有所不滿，話裡卻見不到明顯怒色。看樣子，那調皮的兩個人是做了些惹露綺亞生氣的惡作劇。

知道萬理亞她們沒遭到牽連，讓胡桃鬆了口氣。這時——

「……話說，我實在有點失望。」

以責備口氣這麼說的露綺亞，在胡桃臉上輕輕一撫。

「刃更先生和潔絲特的事，我已經接到報告了。見到他們受到責罰，或許妳會覺得是自己的責任……可是一個人躲在這種地方，只會又讓身邊的人擔心而已。妳應該不是會一再犯下同樣過錯的傻丫頭吧？」

「…………」

聽露綺亞輕聲細語地這麼說，胡桃低下頭沉默不語。

露綺亞是穩健派現任首領——拉姆薩斯的副官，在政治上，不想讓澪成為魔王這點雖與刃更他們相同，但拉姆薩斯對澪的惡劣待遇，造成雙方在感情面上對立，關係複雜。

——然而現在，露綺亞待胡桃卻相當親切。剛認識時，怎麼看她都是個冷冰冰的女性；在她的辦公室前遭到夢魔的洗禮時，也為她壓倒性的壓迫感感到畏懼。可是——事後露綺亞來查看胡桃和萬理亞的狀況時，卻散發著冷淡中隱約帶有慈藹的感覺，還給胡桃黑色元素，幫助她在魔界使用精靈魔法。

胡桃本以為，露綺亞完全不關心他們任何人呢。

「……對了，我給妳的元素狀況怎麼樣？」

而現在她卻這麼問，繼續與胡桃對話。

「聽說妳到河邊做了很多測試。」

「發動是能發動……可是，完全達不到平常我在人界用的力量。」

雖不知自己為何受到露綺亞如此關心，胡桃還是搖搖頭回答了。

昨天在大浴場的浴池裡，玩笑性地把萬理亞發射出去時，就順利地發動了。

然而，那距離要在戰鬥上對敵人造成有效傷害的程度還非常遙遠。

「……可以讓我看一下嗎？」

胡桃順應露綺亞的要求，在左手具現出操靈術的護手甲，在主凹槽換上她所給的黑色元素。

「——————」

露綺亞托起胡桃的左手，注視嵌在凹槽中的黑色水晶球。

——就立場而言，胡桃或許不要太親近露綺亞比較好。

不過，這是露綺亞給予的東西；她要看，總不能說不。

……而且。

由於萬理亞和露綺亞明明是親姊妹，關係卻似乎有點芥蒂；若與萬理亞親暱的胡桃和露綺亞保持交流，能多少改善她們的關係——胡桃也希望能幫上這個忙。

……因為。

胡桃也在五年前的悲劇後——即刃更離開「村落」後，與姊姊處得不太愉快；後來為胡桃和柚希修補關係的，卻是因為「村落」將澪定為消滅對象，而不得不與她們交戰的刃更。

——當然，胡桃不認為自己能做到和刃更同樣的事；不過若能做點事，來報答今天早上關心她而追出去的萬理亞——胡桃願意竭盡所能。

「我明白了……看樣子，它應該還是睡眠狀態。」

「……睡眠狀態？」

露綺亞對照詞回問的胡桃點點頭說：

「對。之前我告訴過妳，這個元素蘊藏著高階精靈的護祐；可是那並不是說，它有保護使用者的效果。這顆水晶球裡，寄宿著高階精靈所分出的一部分靈子體。」

「也就是說……和我們說的『神器』是同樣的東西嗎？」

刃更的魔劍「布倫希爾德」或柚希的靈刀「咲耶」，以及高志在澪的消滅任務中使用的靈槍「白虎」皆屬於此類。除本身也具有強大力量外，若像柚希那樣被武器認同為合格的使用者，就能使用其中蘊含的絕大力量。

「是的。只要妳真的能和精靈交心，這個元素就會覺醒，借給妳它原有的力量。」

自己現在就是無法做到露綺亞所說的「與精靈交心」，才會在河邊讓萬理亞看到那種差勁的表現吧。

「——妳必須面對妳心中的『負』的部分。」

露綺亞直定胡桃的雙眼說：

「妳也知道，精靈有分為『聖屬性』和『魔屬性』，勇者一族兩邊的力量都能借；且基本上，你們使用『魔屬性』精靈的力量，會有『正』的效果，我們魔族用起來是『負』的效果……可是，這個『正』和『負』並不是善惡之分，而是陰陽或溫度的正負那種概念。」

接著——

「我想妳至今為了在自己的世界借用力量，和精靈們構築的都是『正』的契約或關係，自己也因此保持在『正』的方向上，告訴精靈們借用他們的力量是正當的……當然，在人界那麼做是正確的方法，因為在你們的世界，大半精靈都是屬於『正』的狀態。」

可是——

「那種做法在魔界是行不通的。這個世界魔素很強，幾乎所有的精靈都是以『負』的狀態存在；妳強調自己是『正』，只會引起他們的警戒吧。事實上，以妳原來的做法也借得到力量，我還要覺得驚訝呢。我想那是因為，妳已經開始認同自己心裡負的部分了吧。」

說完，露綺亞輕擁胡桃。

「啊…………」

「不用害怕，也不要覺得那是壞事；無論是正是負，都是妳的一部分……只要妳徹底明白這點，與精靈好好溝通，他們一定會回應妳的。」

「…………知道了，我試試看。」

胡桃在露綺亞懷中坦率地點頭，接著——

「……………」

那美麗的夢魔侍女默默地更用力擁抱她。

而且——摟著腰的手還不知為何向下滑動，輕撫她的臀部。

「那、那個……露綺亞小……呀啊？」

那稍微勾起手指，確實揉按敏感部位的運指方式，使胡桃扭著身體，疑惑地嬌聲哼喘。

「野中胡桃……妳真的很棒。」

露綺亞嫣然地說：

「昨天妳和刃更先生做的時候，我就覺得——妳真的好可愛喔。」

接著「啪！」地忽一彈指，難以置信的事發生了。

胡桃所有衣物的縫線瞬時鬆脫，變成一塊塊的布落在地上，就連內衣也沒例外。

「！——嗯嗚！」

剎那間只剩一條內褲的胡桃下意識地想尖叫，卻被露綺亞迅速堵住了嘴。

「沒什麼好驚訝的。這點程度的事，對精熟侍女職務的我可是易如反掌。」

說得理所當然的露綺亞沒放開堵嘴的手，就這麼將胡桃強壓在草地上。

「……！」

糟糕。胡桃本能性地緊張起來想掙脫露綺亞的手，可是——

……啊……

一見到露綺亞俯視著她的雙眸，就立刻忘了抵抗。面前的，與平時那雙冰冷的眼睛完全

第3章
一直很想對你坦白

相反——是對彷彿發燙的嫵媚眼瞳，與萬理亞以「要讓胡桃變成刃更喜歡的女生」為名目調教她時一模一樣。

「白天，妳好像在魔界的太陽底下被瑪莉亞搞過是吧……那現在就一面欣賞魔界的月亮，一面讓我好好疼愛疼愛吧。」

背著下弦月的露綺亞跟著將手探進胡桃的內褲，但就在這時——

「——露綺亞大人。」

兩名侍女忽然從一旁草叢中現身。相較於嚇了一跳的胡桃，露綺亞若無其事地捂著她的嘴問：

「……什麼事？」

「前不久，我們在西塔三樓發現了瑪莉亞。」

「只是到最後還是逮不到她……現在，有幾個人還在追。」

聽了這報告，露綺亞的眼睛恢復冷靜。

「我知道了……那家母呢？」

「雪菈大人還是不知去向……」

「…………好吧，那就先把瑪莉亞抓起來再逼問她好了。妮娜，告訴追她的人，在我趕到之前務必不要跟丟。」

「——遵命。」

露綺亞一下指示，稱作妮娜的年輕侍女就轉身奔去。

「悠希……妳替我把她送回房間。還有——」

「縫回衣服嗎——包在我身上，露綺亞大人。」

剩下的悠希領首領命後，露綺亞放開胡桃的嘴——

「都稍微動了點粗，卻在正要開始有趣的時候臨時收手，真是有點對不起妳……可是我一定要給我那個妹妹一點顏色瞧瞧才行。」

並十分遺憾地說：

「以後我們再繼續……」

「拜、拜託妳不要放在心上啦……真的。」

胡桃滿臉通紅地回答。對胡桃而言，若繼續下去才真的頭痛——更重要的是，希望她能把中庭的事當做完全沒發生過，就此遺忘。

「——失陪了。」

露綺亞留下這句話就跟上先走一步的妮娜，奔向中庭彼端。

留在原地的胡桃，依然只穿著一條內褲癱坐在草地上。

「恭喜妳喔，胡桃小姐。看來露綺亞大人很中意您呢。」

第③章
一直很想對你坦白

「中意到把我的衣服拆成碎片了呢……」

「不用擔心衣服的事，我一定會將它們全部縫得完好如初，交回您的手上……」

悠希似乎對胡桃的冷諷毫不介意，仔細拾起零散的布塊說：

「那麼，胡桃小姐……請在這裡稍後片刻。您也不能就這樣回到房間，我先找點東西來讓您披著。」

就在這時——

「——不用了，沒那個必要♪」

比萬理亞更幼小的夢魔冷不防出現在悠希身旁。

「咦……？」「！——雪菈大人！」

胡桃一臉茫然，悠希則是錯愕得仰身採取防禦姿態，但為時已晚。雪菈將額頭頂上悠希的額頭，深深注視她的眼睛說：

「——妳先一個人回自己房間，把胡桃妹妹的衣服縫回去。」

「…………遵命，雪菈大人。」

悠希的眼神隨即變得迷濛，對雪菈順從地點頭。

「如果回去以後露綺亞問起妳，就說……妳先讓胡桃妹妹回澪妹妹房間去了——知道了嗎？」

「是。」悠希對雪菈的命令再點個頭，就這麼進了城堡。

「…………………」

對於思考追不上這些突發狀況的胡桃——

「真是千鈞一髮呢，胡桃妹妹……可是現在有我在，沒什麼好怕的囉♪」

蘿莉夢魔媽則是這麼說之後露出一個甜甜的微笑。

4

中庭事件後，胡桃接受雪菈的邀請，來到她的房間。

其實，她是很想回到澪和柚希正等著的自己的房間，可是——

「如果妳這個樣子回去，又會害柚希妹妹跟澪妹妹操心喔？」

一聽雪菈這麼說，胡桃也覺得就這樣回房不妥了。自己是為了獨處，藉口呼吸新鮮空氣而出去的；如果只剩一條內褲回來，任誰都會擔心。

怎樣都不想那麼做的胡桃只好答應雪菈，跟著她來到與她和澪她們共用的房間一樣絢爛奪目，或更為誇張的房間。

第③章
一直很想對你坦白

儘管大小遜於她們那個多人共住的客房，但那上下一氣的豪華擺設，依然強烈彰顯出雪菈在穩健派內的地位。

「那個……為什麼我要穿成這樣啊……」

胡桃坐在看來相當高級的穿衣鏡前的椅子上，疑惑地問。

「因為只穿一件內褲晃來晃去，很容易著涼呀？」

「那麼……讓身體更不容易著涼的衣服，應該還有很多吧……」

害羞地這麼說的胡桃垂下視線，因此見到身穿露臍藍色性感薄紗睡衣、胸部尖端在薄薄的蕾絲下若隱若現，還穿著同款丁字褲、網襪和吊襪帶的自己。

「…………！」

劇烈的羞恥使胡桃紅了臉頰，這時──

「啊啊……幫資質好的女生打扮果然很好玩呢～」

用張小凳子墊腳、在胡桃背後替她掛上豪華項鍊的雪菈滿心歡喜地說，並將中間的大顆寶石調整到她的胸前，滿意地問：

「嗯，這樣就好了──漂不漂亮呀？」

被詢問看法的胡桃無奈地抬起頭，看著鏡中雙頰殷紅的自己。

「────」

接著，說不出半句話。雪菈讓胡桃穿的內衣，讓澪或柚希來穿也許合適一點，但對於仍是國中生的自己實在太過成熟。儘管如此——不，正因為如此——

……我竟然會變成這樣……

見到穿了煽情內衣而搖身一變的自己，胡桃藏不住驚訝。全身上下充滿了穿在稚氣未脫的面容和正在發育的身體上而更為凸顯的，不平衡的淫靡——那是種就算澪或柚希穿上同樣服裝也絕對營造不出的，禁忌的美。

「呵呵，妳好像很高興呢。」「！……我、我哪有高興啊……！」

急忙否定的胡桃轉向背後，雪菈已經下了凳子，到房間中央拿起桌上的壺。

「過來這邊……我幫妳倒杯熱牛奶。」

白色的混濁液體跟著從壺口注入杯中。胡桃在雪菈前方的椅子坐下，接過杯子——一股微微的香氣隨即撲鼻而來。

「…………」

可是，胡桃接過杯子就猶豫起來，沒有馬上喝下它。

「我才不會像某些下三濫的男人那樣對飲料動手腳呢，太粗野了。如果我想對妳做些什麼事，一定會用更講究的方法，讓我們都玩得過癮喲。」

雪菈喝了自己的份一口，童稚的瞳眸眼神忽然降溫。

「——不如，就試試看吧？」「不、不用了……對不起。」

胡桃立刻道歉。儘管現在外貌如此幼小，但在從前名震魔界的大夢魔雪菈眼中，胡桃只不過是個普普通通的小丫頭吧；若不慎做出有損夢魔尊嚴的事，後果不堪設想。所以胡桃將雪菈為她倒的牛奶送到嘴邊——

「……好好喝喔。」

並為那舒適的溫度及溫潤的口感不禁這麼說。

「妳喜歡呀，太好了。」

見到雪菈笑了起來，胡桃安心地再喝一口。

感到熱牛奶從體內漸漸溫暖她的身體時——

「——刃更弟弟和潔絲特締結主從契約的事，讓妳這麼不開心呀？」

「！…………」

放鬆戒備的胡桃被這問題嚇了一跳，呆看雪菈。

「瑪莉亞把早上的事都告訴我了……其實她很煩惱喔！」

「因為只有我一個反對刃更他們的主從契約嗎……？」

見到雪菈的苦笑，胡桃不禁聲音僵硬地這麼問。

「不是。她說……她能懂妳的心情，所以想幫妳打氣；可是又不太擅長這種事，讓她覺得很懊惱。」

「她這樣想啊……？」

「還有，她很擔心露綺亞會不會對妳出手喔，還說『胡桃是我的東西』呢。」

「……我、我才不是誰的東西咧！」

那個蘿莉色夢魔怎麼跟母親談這種心事啊！再說自己到底是哪裡吸引白天的萬理亞跟剛剛的露綺亞，讓她們攻勢這麼猛烈？

「那個……我是不是會發出某種讓夢魔特別興奮的費洛蒙啊？」

「————」

雪菈對抬眼問來的胡桃訝異地睜圓了眼，說：

「原來如此……她們大概是覺得妳很可愛吧。」

「什麼意思？」

「因為妳很單純又對那種事沒什麼戒心，會讓人想多教妳一點呀。」

雪菈呵呵笑著對愣住的胡桃說：

「胡桃妹妹呀，妳穿成這樣問我這個她們的媽媽（夢魔）會不會興奮——」

說到這裡，雪菈的眼神忽然變得像盯上獵物的蛇一樣。

「——是暗示妳也想被我上嗎？」

「哪有……我才沒想過那種事呢！」

「呵呵……開玩笑的。對妳出手就太對不起瑪莉亞了。」

胡桃漲紅了臉急忙否認，雪菈那蛇也似的眼神跟著回到原本天真的模樣，讓她深深鬆了口氣。

「因為在佐基爾的事情上，我讓那孩子擔了不少的心嘛……可愛的女兒找我談她的困擾，作母親的當然得幫幫她囉。」

「所以妳才帶我來這個房間……？」

「對。那件薄紗睡衣，是我以前送給露綺亞的，是我的精心傑作喔。不過很可惜，那孩子一次也沒穿……所以我就偷偷跑進她房間，把這件拿回來了。她好像想藏在衣櫥最裡面一樣加了層層保護，我就跟瑪莉亞一起把整個衣櫥都翻出來囉♪」

而且——

「我們還不小心發現了她以前的日記和相簿之類的，結果她在這時候回來了。我是情急之下抓住瑪莉亞的脖子，整個人丟到露綺亞身上才有辦法跑走——看來瑪莉亞也順利溜掉了的樣子。」

難怪露綺亞會到處找雪菈和萬理亞。在胡桃為這事實傻眼時——

第3章
一直很想對你坦白

「再告訴妳一件事……刃更弟弟會和潔絲特結主從契約，是我的主意。妳在聽嗎？」

被雪菈這麼一問，胡桃表情微微一沉。

「…………有。早餐那時，刃更把整件事情都從頭到尾解釋一遍了。」

「妳現在心裡的鬱悶，我也有一部分責任……所以，雖然可能還不夠補償妳，但我還是想讓妳心裡好過一點。」

因為——

「那對瑪莉亞或澪妹妹都不是簡單的事……要紓解妳現在的心情，就一定要對妳說實話才行。」

「……實話是什麼意思？」

胡桃皺眉問道。

「哎呀……真的可以說嗎？」

外表幼小的夢魔面露淺淺冷笑說：

「妳是在嫉妒潔絲特——妳覺得自己的心意明明沒有比她差，可是自己卻不能和刃更結主從契約。」

「！——」

雪菈的話讓胡桃面紅耳赤。只有被說中的人，才會有這種反應。

「我說胡桃妹妹呀……妳會接受瑪莉亞那些色色的惡作劇，心裡想的不只是要追上澪妹妹和柚希妹妹吧？」

這讓雪菈又露出蛇的眼神，直盯著胡桃心底深處似的說：

「有很大一部分，是因為瑪莉亞和妳一樣，沒和刃更結主從契約吧？而且瑪莉亞還因為佐基爾，背叛過刃更弟弟他們呢。妳曾經因為『村落』的命令打算消滅澪妹妹、和刃更弟弟打起來，對妳來說，同樣對刃更弟弟有所虧欠、心境與妳類似的瑪莉亞，就像是同一國的姊妹吧？」

「這種事……我才……」

胡桃表情糾結地否認。

「是嗎？其實妳也很想和潔絲特當好朋友，不是嗎？」

「我——……」

「澪妹妹和佐基爾有仇，柚希妹妹和他對抗過；可是妳不一樣，和佐基爾沒有那種直接的仇恨……可是潔絲特以前是佐基爾的屬下，這個問題比妳和瑪莉亞的更大。所以妳認定，就算刃更弟弟提出那種可能，重視澪妹妹的他也不會真的和潔絲特結契約。」

因為——

「雖然澪妹妹繼承了威爾貝特的力量，遭到現任魔王派的追捕，而她是為了解決這個問題才來到這個世界的；可是這還是很讓人不安，需要下很大的決心……對這樣的澪妹妹來說，要接受以前是佐基爾部下的潔絲特成為新夥伴，實在是非常殘酷的事。結果——」

雪菈繼續說道：

「刃更弟弟很乾脆地和潔絲特結了主從契約——儘管她和妳一樣，曾經是刃更弟弟的敵人。而且就連妳以為會生氣、會抗議的澪妹妹和柚希妹妹，都接受刃更弟弟和潔絲特結主從契約。」

因此——

「妳心裡一慌，就藉著代替和佐基爾有仇的澪妹妹和柚希妹妹表示反對的方式，把自己的嫉妒正當化，責怪刃更弟弟和潔絲特結契約；不過在澪妹妹她們都接受的情況下，這樣一點意義也沒有……所以妳才受不了當下的氣氛，跑出餐廳。」

接著，雪菈終於說出關鍵性的話。

「——妳想和刃更弟弟結主從契約嗎？」

這核心問題讓胡桃渾身一顫，但經過一段沉默後——

「…………不想。」

她用彷彿硬擠出來的聲音表示否定，眼前跟著浮出一抹苦笑。

「我就知道妳會否認……因為妳不是不要和刃更弟弟結契約，而是不能結嘛。我想，刃更弟弟應該也明白妳的處境。因為——」

雪菈說道：

「他恐怕——已經發現妳真正的任務了。」

「……………什麼真正的任務？」

「妳說呢，我也不太清楚……」

胡桃投出銳利的視線，雪菈卻悠哉地對她笑了笑。

「不過，要在這個世界戰鬥，和妳結主從契約絕對是比較有利……刃更弟弟沒那麼做，是因為他很重視妳。不得不在露綺亞面前做的時候，刃更弟弟只是應付應付，隨便做給她看吧？」

「……………」

「沒錯……妳自己也很明白，而且，妳一直不敢面對自己的真心。兩軍相爭，一定會攻擊對方的弱點——對現任魔王派而言，現在的妳是最好的目標吧。妳像這樣抱著那些煩惱和猶豫所造成的痛苦，不僅會害到妳自己，也會讓刃更弟弟他們陷入危險，妳有這樣的自覺嗎？」

「！——不然妳要我怎麼辦啊！」

第３章
一直很想對你坦白

被雪莅冷笑著那麼說的胡桃像是忍到了極限，聲音大了起來。

「我不能和刃更結主從契約……就只有那個絕對不行啦！」

胡桃很清楚雪莅所說的危險，但若與刃更結了契約又被「村落」知道，一切就完了。用魔族魔法結契約這種事，可不是胡桃一個受罰就能了的；一旦「村落」正式展開調查，很快就會發現柚希也結了主從契約。屆時不僅是父母會被追究責任，「村落」也再也不會放過澪和刃更。

……我絕不能讓那種事發生……！

保護刃更他們——這才是自己來到這裡最重要的事。這時——

「……別想太多，我又不是要逼妳結主從契約。」

「咦……？」

雪莅毫不在乎似的這麼說，讓胡桃不禁睜大了眼。

「因為——我有個方法，讓妳就算不和刃更弟弟結主從契約，也不會再嫉妒其他女生或感到自卑。當然，那也會解決妳是刃更弟弟他們的弱點這件事。」

「那……要怎麼做？」

「妳要面對自己真正的想法……露綺亞不是說過了嗎，為自己是正確的而感到自豪是不夠的，還要認同脆弱的『負』的部分。那不只能讓妳和魔界的精靈接觸……還能讓妳從至今的痛苦中解脫喔。只是——」

雪菈繼續說道：

「既然妳的心事是對別人的感情造成的，如果只放在自己心裡，就等於是逃避而已。要真心面對它的話，就必須向對方說清楚才行。」

「向對方說清楚……」

雪菈對呢喃的胡桃點點頭，說聲：「沒錯。」

「妳看過澪妹妹或柚希妹妹主從契約的詛咒發動時是什麼樣子吧？能讓心裡出現罪惡感的她們解脫的人，只有她們心裡那個人……而這種事，並不一定只發生在結了主從契約的人之間。」

因此——

「妳就好好面對自己，繼續前進吧……到妳心中的感情所指的那個人身邊去。一旦妳能夠誠實面對自己，妳就不會再認為自己會拖累刃更弟弟他們；到時候，這個世界的精靈也一定會回應妳的呼喚。」

「可是，今天晚上刃更禁止和任何人見面耶……」

刃更已因為胡桃而遭到禁足，不能再為了私人需求而給刃更添更多麻煩。不過——

「妳放心，我的空間通道也連到了刃更住的客房；而且我之前不是說，妳穿的薄紗睡衣是我的精心傑作嗎？」

雪菈自信十足地說：

「只要穿著那個，其他人就聽不見妳和看見妳的人的聲音……這是我在上面加的魔法效果。」

「？為什麼要加這種效果……？」

這的確很適合胡桃現在的需要，但不解的她還是這麼問了。

「這個嘛，那是因為——」

雪菈臉上掛上笑容時，胡桃發現自己的全身都在發燙。

「奇、怪……怎麼……」

明明穿得衣不蔽體，怎麼會這麼熱呢。這麼想的胡桃，用手當扇子對自己搧了點風。

「嗯！——……呼啊啊啊啊♥」

但就在搧起的風撩過頸根的瞬間——就只是這樣，胡桃就酥麻得忍不住叫出聲音。

……騙、騙人……這是……？

一股又甜又酸的感覺從體內不斷向外膨脹……而胡桃很清楚那是什麼。這是表示——

「沒錯……那件薄紗睡衣被我下了很多層不同的魔法，其中之一，就是會讓穿上它的人受到遲效性的強烈催淫效果。」

雪菈開始對胡桃揭曉答案。

「只不過，那和夢魔的洗禮或以催淫特性發動的主從契約的詛咒不同，還帶有隨時對周圍施放『魅惑』的效果。」

「嗯……『魅惑』不是……如果有人中了這個效果……！」

「對……就會造成絕對會發出聲音的狀況吧？所以我才加上只有當事人會聽見聲音的效果，這樣就不會被別人發現囉。至於──」

雪菈接著說：

「我這個製作者和滿足某個條件的人，不會被『魅惑』效果影響……放心吧，那對刃更是絕對沒用的。」

「！……為什麼要、騙我……？」

深陷劇烈催淫狀態的胡桃拚命地想脫下薄紗睡衣，可是──

「唔呼呼，我勸妳不要亂來比較好喔。如果不先滿足某些條件，或是用正確步驟來脫，就算脫了也不會解除催淫狀態……而且自己來脫的話，只會讓催淫變得更強喔。」

雪菈繞過桌子，邊走向胡桃邊說：

「再說我啊，從頭到尾都沒騙過妳喔？我真的不會做在飲料裡下藥那種無聊的事，說妳穿那件睡衣很好看也是真的啊……只要這樣，就算妳再倔強也一定會在刃更弟弟面前說真心話；刃更弟弟也能在不會讓其他女生嫉妒的情況下，對妳做那些事嘛。」

「！……刃更他會……對我……」

胡桃咕嚕一聲鼓動喉嚨。

……那會比姊姊跟澪更……？

對於意識在催淫狀態下開始朦朧的胡桃而言，雪菈的話猶如惡魔的囈語，十分地誘人。

這時，雪菈更是追擊——

「對呀。刃更弟弟是勇者一族，對魔法有抵抗力；就算被『魅惑』了也不會失去自我，不會做到最後……沒什麼好擔心喲？」

可是——

「假如——妳是真的不願意，我現在就幫妳解除這個催淫狀態。這對做出那件睡衣的我是很簡單的事，我也沒有故意欺負妳的意思。」

相反地——

「假如妳是真心希望脫離這個會拖累別人的窘境，想成為刃更弟弟和大家的力量……我就帶妳到能讓妳放開妳心中的痛苦的人——東城刃更弟弟那裡去。」

話都這麼說了，胡桃再也無法抵抗。與現在的胡桃相關的一切狀況，都在催趕她到刃更身邊。因此——

「…………………！」

野中胡桃再吞吞口水，顫抖著對雪菈說出自己的願望。

5

用完女僕送來客房的晚餐後。

東城刃更在房裡做完這一天份的訓練，到附設的浴室沖掉一身汗水。

——而現在，刃更仰躺在床上，整理現況。

今天是來到魔界第二天晚上。儘管事情進展與當初的預想有很大偏差，但已有許多不同狀況正同時持續，也出現了幾個需要處理或應對的問題。

例如，拉姆薩斯明明想得到澪繼承的威爾貝特的力量卻完全拒絕對話，就完全超乎所有人的想像。

……而且。

也沒想到來到魔界的第一天，就與潔絲特締結了主從契約。

當然，就潔絲特的處境考量，那是最好的選擇，刃更並不後悔與她結下主從契約。澪她們心情應該複雜得很，卻也接受了這個事實；然而——相對地，也出現了反對刃更和潔絲特結主從契約的人。

「…………胡桃。」

刃更低聲念出，自今早餐廳的事情後就不曾對話過的少女之名。

就他與潔絲特過去完全是敵對立場來說，仍是勇者一族的胡桃無論如何都會感到排斥吧。雖然她姊姊柚希總歸是同意了，可是柚希是能為了保護刃更，情願反抗「村落」的命令和高志戰鬥的人，說來是個特別的例外。胡桃說她再次來到東城家，是奉「村落」的命令前來協助柚希的監視工作，以免又出現佐基爾那樣的S級魔族想對澪下手而殃及人界；可是——

……恐怕她接到的命令，還包含了監視柚希。

因此最糟的情況，就是「村落」要她一併收拾掉澪和萬理亞，連同刃更——以及柚希。胡桃會擔下如此雙重的監視工作，不外乎是長老們認為她不會引起刃更他們的戒心——

……否則就是。

胡桃為了盡可能避免姊姊柚希受害而自願接受這個職責——或者以上皆是。光是刃更繼澪之後又用魔族魔法和柚希結下主從契約就是個大問題了，若再讓「村落」知道他還和佐基爾過去的部下潔絲特結了主從契約，說不定真的會被視為危險集團，柚希的立場也會更加惡化。就胡桃的角度來想，當然是無法接受。

而雪菈仍以那麼強硬的方式要刃更與潔絲特締結主從契約，就表示潔絲特現在的處境真的很緊迫，刃更無法見死不救——因為將她交給穩健派的不是別人，就是刃更自己。

「————」

東城刃更對天花板張開左手，注視手背想著一件事。

——自己現在，有想要保護的事物。

其中有成為繼妹的澪和萬理亞、和家人一樣的青梅竹馬柚希，還有新加入的潔絲特；不過，同樣不可退讓的人還有一個——那就是胡桃。

和柚希一樣，從很久以前……甚至能說從懂事開始，刃更就把她當妹妹一樣看待；即使經過五年前那場悲劇和日前那場戰鬥，刃更還是將她視為家人，無論發生什麼事都要保護她。問題是，刃更也無法丟下潔絲特不管，就算別人說那只是說得好聽也一樣。

然而，刃更還是不願讓步——不管任何事、任何人。

「…………」

刃更一語不發地用力握起向天花板伸出的左手。這時，兩道清脆的響聲呼喚他似的響起。有人從走廊敲了房門。

「——來了。」

第 3 章
一直很想對你坦白

刃更下床往客廳移動，小心地簡短應門，等待對方的反應。

『……刃更主人，我是潔絲特。很抱歉這麼晚來打擾您。』

熟悉的聲音使刃更不禁皺眉。今天一整晚，他都禁止與他人見面，而潔絲特也應該被派去整理書庫才對。

為小心起見，刃更使用了主從契約的辨位功能——發現門後的的確就是潔絲特，便靠到門邊去。

一開門，就見到那褐色肌膚的美麗侍女果真站在門外。

「這麼晚了，什麼事——」

但刃更發現，一直在門外監視的侍女不見了。

「……在這裡看門的侍女呢？」

「她和我換班，回自己房間去了……之後我會在這裡守到早上。」

侍女們各有各的工作。刃更的禁足令是到明天天亮為止，為了避免通宵而影響他人日間的勤務，讓事主刃更的屬下潔絲特來守門可說是適當的判斷。

「……這樣啊。不好意思，潔絲特……潔絲特？」

刃更忽地蹙眉。眼前的潔絲特身體正微微晃動，接著——

「——」

突然整個人倒了過來，刃更急忙抱住她。

「妳、妳怎麼了……還好吧？」

這時，刃更發現她喉嚨上浮現了項圈狀的斑紋。

詛咒只有在對主人感到內疚時才會發動。總是乖順地服侍刃更的潔絲特，應該幾乎不會對他有那種情緒才對。

……不，現在不該想這個。

不能讓這個狀態的潔絲特繼續待在走廊上。

「我帶妳進房間……好嗎，潔絲特。」

刃更說完就將潔絲特抱進房。排在客廳沙發全是一人座，沒辦法躺，只好將她送到另一間沒人睡的寢室床上躺下。

「唔……對不起，刃更主人……對不起……」

潔絲特像是很介意自己麻煩刃更，不斷地道歉。

「沒事，不需要道歉……太在意只會讓詛咒更強，知道嗎？」

接著，刃更盡量以不看潔絲特的方式解開她胸口的衣物。

「來，慢慢深呼吸……」

並溫柔地這麼說，試圖安撫她。當澪或柚希的詛咒輕微發動時，他都是這麼做的；如果

第3章 一直很想對你坦白

不見效，再來就只能用快感使她們屈服來解除詛咒。

「！——」

見到潔絲特聽話地開始深呼吸，刃更立刻把頭撇開。潔絲特在袒露胸部的狀態下深呼吸，那兩堆成長許多的綿柔肉團也跟著上下起伏。這畫面對於昨晚飽嘗其滋味的刃更而言實在太過刺激，使他不禁想順從自己的慾望，使她屈服；然而——

……我白痴啊……！

刃更拚命捻熄了這個念頭。還不知道潔絲特為何引發詛咒就要她屈服，對主從關係一點幫助也沒有。

幸虧刃更用不著克制太久，潔絲特的詛咒很快就消退了。

「到底是怎麼啦，潔絲特……怎麼會弄成這樣？」

「……對不起，我已經忍了很久……」

潔絲特從床上坐起，垂著眼回答投來擔憂目光的刃更。

說出口的，是自己引發主從契約詛咒的原因。

「和我結下主從契約，害得刃更主人和大家之間不太愉快……大家是來解決澪大人的問題的，那是最不該發生的事。」

締結主從契約的當下，潔絲特就因為擔心造成刃更的困擾而引發詛咒；刃更便要她別擔心，以快感使她屈服、解脫。爾後事實如刃更所言，澪和柚希都接受了他與潔絲特的主從契約……但見到胡桃跑出餐廳，仍差點引發詛咒，經過大家安撫才總算平復。當時，潔絲特決定待胡桃回城後，要請求她的原諒。

……可是。

潔絲特沒有那種機會。為了胡桃擅自使用廚房一事使她遭到究責，被派去整理書庫。

……不過。

這樣還算好的。潔絲特心想，肉體勞動算不上什麼，真正令人難過的是——

「刃更主人現在會被禁足，追根究柢也是因為和我結下主從契約的緣故……和我結契約，還是造成了刃更主人的困擾。」

刃更受罰是因為追胡桃出城，而胡桃會出城是因為潔絲特；潔絲特與刃更締結主從契約，使得刃更他們的團隊默契出現亂流，也造成了刃更的困擾。

——這真是太糟糕了。現任魔王派是非常強大的敵人，就連準備萬全都不見得有勝算，在這種狀況下面對他們更是危險。因此——

「刃更主人……我想請您考慮一件事。」

第 3 章
一直很想對你坦白

正因為是心目中最重要的人——潔絲特才淚眼婆娑地，向自己的主人提議：
「若您願意，就請雪菈大人解除您和我的主從契約吧……」
「——」
這話使得眼前的刃更面色凝重，而潔絲特也因為自己讓刃更出現這種表情，心裡更加苦悶。
——可是，主從契約的詛咒並沒有發動；因為潔絲特相信，那是對主人刃更最好的選擇。所以，在見到眼前的刃更嘆氣時，她以為刃更真的願意放手。
「——不，沒那個必要。」
但下一刻，刃更清楚地這麼說——使潔絲特不禁懷疑自己的耳朵。
「為、為什麼……？再這樣下去，大家的處境會愈來愈危險——」
「——今天早上，胡桃可能真的是有點衝動。可是——」
刃更以更強硬的語氣打斷潔絲特說：
「就算我現在和妳解除主從契約，能夠解決胡桃的感情問題……然而那也只會造成別的問題。」
「別的問題……？」
刃更對反問的潔絲特點點頭說：

「是啊。我會和妳結主從契約，是認為除此之外再也沒有其他辦法，是絕對必要的事。如果現在解除，下一個冷靜不了的就是我了。」

「……刃更……主人……」

聽刃更說出如此教人不敢相信的事，潔絲特一片茫然。

「而且，倘若胡桃知道她的問題害妳又回到那個危險的狀況，一定會比現在更難過……已經夠了，我不想讓任何人再難過下去。所以我必須維持我們現在的關係，同時想辦法解開胡桃的心結。」

刃更一字一句地說下去——讓潔絲特慢慢感覺到，自己在他心中有多麼重要。昨天才剛結下主從契約，而過去還曾經是敵對關係，現在卻受到刃更如此真誠的關心。

「啊——……」

到這時，潔絲特才感到有些東西湧出眼眶。

用手一摸，那溫暖的物體跟著沾濕了她的手。

自己，哭了。

潔絲特恍惚地看著刃更，只見那明言不願放棄作她主人的少年向人在床上的潔絲特靠了過來，將她深深抱進懷裡。

「我啊，是為了我絕不想放棄的事情才和妳結主從契約的……所以我希望妳也不要後悔

第③章
一直很想對你坦白

和我結下主從契約，相信這是個正確的決定。」

這瞬間——刃更在潔絲特心中確立了絕對的地位，讓她真心想將自己的一切獻給眼前這名少年，心中充滿喜悅……高興得難以自已。

「………好的，刃更主人……」

潔絲特緊緊回抱刃更，要告訴他自己的感情是多麼強烈。

刃更也輕輕撫摸潔絲特的背，淚水總算漸漸止住。

「………謝謝您的關心，我已經沒事了。」

恢復鎮靜的潔絲特退開身體時，刃更忽然慌張地別開視線。原來他是注意到潔絲特的胸部依然袒露在外。

「對不起，刃更主人……讓您見笑了。」

「沒有，是我把妳弄成這個樣子的，抱歉……」

潔絲特嬌羞地嬌抱雙臂，遮掩她豐腴的胸部，刃更跟著不好意思地道歉。那是將她視為女人、疼惜著她的反應，因此——

「……不行喔，刃更主人。請您不要……說那種話……」

「潔絲特？」

見到潔絲特情緒激動地搖頭，刃更不禁錯愕。

——刃更為何會這麼直接地說剛剛那種話呢？

自己明明是刃更的侍女——他卻願意當女人看待。

一這麼想，強烈的喜悅就使得潔絲特全身猛然一顫。

「我是侍女喔，刃更主人……」

潔絲特眼神濕濡地依偎刃更。她再也按捺不住，好想趕快服侍刃更、讓他高興——潔絲特將壓抑不住的情緒，全都訴諸「侍女」二字——

「潔絲特……是刃更主人的侍女喔。」

要刃更不必顧忌她是女人，愛怎麼做就怎麼做——因為他的快樂就是自己的快樂。潔絲特在彼此熱息相觸的距離下，以眼神訴說自己心裡的話，讓刃更吞了吞口水。

「潔絲特——……」

潔絲特也用她的唇，來回應刃更的呼喚。

——但就在這時，牆壁方向冷不防傳來「喀砰！」一聲大響，潔絲特立刻轉頭看去。聲音似乎是來自置於牆邊的大衣櫥，原本沒人的衣櫥裡現在明顯散發出有人的感覺。

「……雪菈小姐，是妳嗎？」

刃更先出聲詢問。會帶點警戒的味道，是因為不確定對方身分。這麼晚了跑來別人寢室——而且還潛到衣櫥裡頭，在這座城裡就屬到處建構了空間通道的雪菈最有可能，但也不一定。

「刃更主人，請您退後……」

潔絲特按住刃更，下床站到衣櫥前。

——這維爾達城是穩健派最重要的據點，威爾貝特的女兒澪如今暫居城內，現在又是容易暗影密布的深夜時分，戒備已提昇至最高層級。因此，現任魔王派的刺客應該沒機會潛入，刺客也不會如此露骨地敗露行跡。

……儘管如此。

潔絲特身為刃更的侍女，有責任防止刃更遭遇任何不測。

「——潔絲特。」

刃更輕呼潔絲特，示意她小心謹慎。潔絲特點點頭，握住衣櫥門把，慢慢向兩側拉開。

「————」

往裡頭窺探時——潔絲特不禁當場愣住。

她知道裡頭有人，這預想也理所當然似的料中了；但是——她怎麼也沒想到那會是個身穿性感內衣、配戴華貴珠寶的少女。

而且那癱坐在衣櫥裡的少女全身熱得發紅，還散發著女人的氣味。

「胡桃小姐……」

潔絲特愣然念出少女的名字，刃更跟著上來查看。

「胡桃，妳怎麼……？」

見到她煽情的裝扮與更加煽情的媚態，一時不知該怎麼說話。

胡桃將迷濛的眼睛轉向潔絲特和刃更，對上焦點。

「嗯……哈啊……刃更……」

並嬌喘似的這麼說，身子一晃就向他們倒去。

東城刃更急忙抱住差點摔在地上的胡桃。

穿著性感薄紗睡衣的胡桃全身火燙，讓刃更嚇了一跳。

這模樣簡直就像是中了催淫詛咒一樣——

「！……妳該不會，被露綺亞小姐怎麼了吧？」

刃更想起昨天在露綺亞的辦公室發生的事，緊張地問。

「不……不是，我……！」

胡桃在刃更懷裡如小動物般扭動，情慾高漲得眼中帶淚。

「這是因為雪菈小姐、給我穿上、這個……然後還、帶我來這裡……」

第3章 一直很想對你坦白

「……果然是雪菈小姐搞的啊。」

可是四周看不見這位雪菈的蹤影，看來是帶胡桃來到這裡就馬上走了，將她留在衣櫥。

「……嗯？」

這時，東城刃更忽然感到自己心跳加快，且不知怎地眼睛就是離不開眼前的胡桃。胡桃這模樣確實很煽情，但與昨天在露綺亞辦公室時並無多大差異；而就算薄紗內衣再怎麼惹火，刃更也曾讓穿上類似衣物而引發催淫詛咒的澪和柚希屈服過，吸引力不會這麼大才對。

「！……我、我怎麼了……？」

突然好想順從男性慾望，把胡桃徹底蹂躪一番。這突來的衝動，使得刃更抱著胡桃猛然跪下。

「——刃更主人？您怎麼了？」

潔絲特倉皇地在他身旁跪下一膝扶住他。

「那、那大概……是因為這件睡衣……」

胡桃語帶媚熱地說：

「現在的我……會對看見我的人，放出『魅惑』效果……」

「哪來這種笨睡衣啊……要怎麼解除這種效果？脫掉可以嗎？」

刃更焦躁地問，身旁的潔絲特搖搖頭說：

「不行……以前，雪菈大人曾把這件睡衣的事當笑話跟我說過……」

潔絲特也中了「魅惑」效果吧，和刃更一樣，以燃起亢奮火光的眼看著胡桃說明：

「如果……那是以前雪菈大人送給露綺亞大人那件薄紗睡衣，我記得，要解除它的魔法效果就只有一個方法。」

「妳知道啊，潔絲特？快告訴我該怎麼辦！」

「這個……」

見刃更問得這麼急，潔絲特稍微猶豫了一會兒後小心地說：

「首先，穿了睡衣陷入催淫狀態的人，要請看見她的人幫她紓解……接下來，換遭到『魅惑』的人，請穿了睡衣的人幫他紓解。」

另外——

「假如遭到魅惑的人不只一個，而且有男有女，他們彼此之間也會互相魅惑；要解除這種狀態，必須依序替他們紓解……」

「先、先等一下……那不就……」

聽了說明，刃更不禁呆看潔絲特——而下個瞬間，刃更已對潔絲特產生劇烈的欲求；潔絲特也難以自持地磨蹭大腿內側，對刃更投以火熱的眼神。

「對……以現在的情況而言，首先要刃更主人和我幫胡桃小姐處理，然後是胡桃小姐和

第3章
一直很想對你坦白

刃更大人幫我，最後是我和胡桃小姐幫刃更主人您……就是這麼回事。」

「…………不會吧……」

怎麼有這種散播亂交的內衣啊。刃更不只是傻眼，眼睛瞪得都快掉出來了。

「對不……起……！都、都是我不好……害你們……！」

被催淫狀態催得眼泛淫光的胡桃淚汪汪地道歉。

「別這樣，不是妳的錯……——！」

刃更拚命壓抑對胡桃的衝動這麼說，但是——

「不、不是的……唔……我是說，是我拜託雪菈小姐……帶我過來的……」

「啊？那是什麼——……」

刃更想問個清楚，卻無法再繼續說下去。

因為胡桃的唇——堵住了他的嘴。

——東城刃更，正被胡桃雙手環抱他的頭激烈擁吻。什麼狀況——為這突發行動感到混亂的刃更姑且抓住胡桃的雙肩，試圖使她冷靜。

……胡桃……？

這時，某種感覺讓他停止後退。

眼前胡桃緊閉的雙眼——有些東西正從其邊緣滴落，滑過她的臉龐。

「！…………」

胡桃正一面吻著刃更，一面哭泣。

「——————」

因此，刃更將搭在胡桃肩上的手移到她背後，抱緊了她。

魅惑狀態使刃更全身充斥著就此壓倒胡桃的慾望，但依然拚命克制。不久，胡桃慢慢地退開了唇，說：

「聽、聽我說喔……我不能和你結主從契約……」

刃更聽了立刻點頭。不僅是因為那是他料想中的事，更是因為胡桃在他面前哭得這麼難過，令人不禁想說「我知道」或「不要想太多」來安慰她。

——可是，刃更強行壓下了這股高漲的衝動。

恐怕——「村落」對胡桃下了很殘酷的命令。要說些安慰她的話是很簡單，然而那不過是種自我滿足罷了。

既然胡桃要求的是「聽我說」，那麼現在的自己該做的，就是讓胡桃傾訴她心中的痛苦，並接受她、扶持她——這是刃更唯一能幫助胡桃脫離她現在的痛苦的方法。雪菈會把這樣的胡桃留在這裡就走，也是為了這點吧。要以最快的速度讓倔強的胡桃在刃更面前卸下面具，不下猛藥是行不通的。這時——

第3章
一直很想對你坦白

「可、可是……就算這樣，我也希望你……不要把我當外人……」

胡桃從喉嚨深處擠出聲音似的說：

「拜託你也像……對姊姊和澪……還有潔絲特一樣對待我……！」

東城刃更，清楚聽見了胡桃即使哽咽，也仍盡全力說出口的願望。

那是野中胡桃這名少女長久以來獨自懷抱的宿願，也是痛苦的來源。

胡桃一直想避免事情演變到不得不執行她所背負的殘酷命令，然而狀況卻不斷惡化下去……胡桃無法說出實情，只能自己藏著煎熬、和著眼淚吞下去。

她究竟是忍受了多大的害怕……多大的痛苦呢。

胡桃彷彿是終於能將自己的宿願和痛苦一吐為快，早已哭成了淚人兒，不再說下去……也說不出口。

……已經夠了吧。

於是東城刃更向自己徵求同意……允許自己不再忍耐。

與胡桃恢復過去那樣的關係，或許就是對她而言最美好的答案。

回憶中那段能夠兩小無猜地開懷大笑的童年，真是無比幸福。

恐怕「村落」也依然受困於五年前的悲劇——受困於往事的束縛之中吧。

刃更也是如此，他無法忘記自己犯下的過錯；但為了保護澪，不能永遠沉淪在過去裡。

澪現在也仍活在危險與痛苦之中……想要拯救她，就只能向未來邁進。

而且。

既然過去已一去不復返，能拯救胡桃的方法也一定就在未來。這種事，相信胡桃自己也很清楚——所以才會倍感痛苦。

「……我知道了。如果能讓妳不再痛苦，要怎樣我都做。」

一說完，刃更猛力深抱如妹妹般疼愛的青梅竹馬。

「…………！」

胡桃也用力回抱著他，並在他懷裡轉向一旁。

「……對不起，潔絲特……我的問題把妳也牽連進來……」

「沒關係……其實，我也很想讓您跟刃更主人一起獨處……」

胡桃表情悲傷地道歉，讓潔絲特也過意不去地向她低下頭。於是——

「——潔絲特，妳不需要為這種事道歉。」

刃更看著潔絲特說：

「雪菈小姐把胡桃留在這個衣櫥裡……表示那時候，她也知道妳在這裡才對。」

第③章
一直很想對你坦白

早上的問題，是刃更和潔絲特的主從契約造成的。若她安排這些是為了讓胡桃接受這件事，或許會認為潔絲特的存在會更加催化這個效果。對刃更而言，是很樂意見到胡桃和潔絲特關係改善，可是──

「抱歉……因為『魅惑』的關係，我下手可能會比平時更難控制……」

光是緊抱著胡桃，理性就幾乎快要崩潰，一點也不能放鬆。

「……沒關係，我是刃更主人您的侍女。」

兩眼炙熱的潔絲特愉悅地說：

「刃更主人……就請您只想著滿足自己和胡桃小姐就好。」

「！……我也要，和潔絲特一樣喔……」

胡桃聽她這麼說，在刃更懷裡抬起頭來，以深陷催淫狀態而濕亮的眼睛懇求：

「我們約好了喔……刃更哥哥。」

「…………開始囉。」

於是刃更抱起胡桃，和潔絲特一起來到床邊。

野中胡桃被放到床上，刃更和潔絲特一前一後地夾著她。

「首先是我和妳幫胡桃……沒錯吧？」

「是的，刃更主人。請讓我來幫您……」

潔絲特對刃更點點頭——兩手隨後從胡桃背後繞向前去，一顆顆解開刃更的襯衫鈕釦。

……我真的要和刃更跟潔絲特做了……

被如此兩人夾在中間的胡桃想到自己接下來可能遭遇的事，內心激盪不已。

然而——潔絲特為刃更解釦的流暢動作，以及刃更順其自然的神情，透露出他們兩人間的關係，讓胡桃胸口一陣酸楚。

「……刃更哥哥，先跟人家親親嘛……」

刃更一動手就是抬起胡桃的手臂，要攻擊她的腋窩，但胡桃卻先抬著眼如此請求。刃更和潔絲特正因為看見了穿上薄紗睡衣而陷入催淫狀態的胡桃，中了「魅惑」效果。考慮到二對一的狀況，刃更也許是打算儘快讓胡桃解脫。

……不過。

胡桃心中最大的痛苦，是來自她對於和刃更締結主從契約的柚希和澪——以及對潔絲特的自卑。

——的確，腋下是胡桃最脆弱的性感帶；只要刃更攻擊那裡，無論胡桃如何抵抗，一定都會在剎那間達到高潮。

第3章
一直很想對你坦白

然而，就算胡桃被快攻腋下而瞬間高潮，然後在餘韻中醺醉地和刃更一起攻陷潔絲特，最後再和潔絲特替刃更發洩而解除這件薄紗睡衣的魔法效果，也無法除去她的自卑。

這樣的自卑，一定就是露綺亞和雪菈所說的「負」的部分——在長期受到這種情感的壓迫下，要真正面對自己的弱點，坦率認同自己的「負」的情感，就不能忽視她對潔絲特的自卑感受。

——但其實有個魔法開關，可以讓倔強的胡桃立刻變得坦率。

那就是刃更的吻。胡桃在請精靈為她創造的夢境中，與刃更進行過無數次淫行——而每一次都是先與刃更一吻，然後剎那間淫亂得不可收拾；只要有刃更的吻，她就會變成什麼都肯做的蕩婦。

「————」

接著，刃更以行動答覆了嬌聲請求的胡桃。

當胡桃感到刃更的手繞到她的後腰用力一抱，唇已被刃更占有。

刃更黏滑溫熱的舌跟著探進胡桃口中，貪求著她。不知是不是受到薄紗睡衣「魅惑」的影響，刃更的吻比昨天更為強硬。

「嗯……嗯啾，刃更、哥哥……哈啊♥刃更哥哥……啾嚕。」

胡桃也勾動自己的舌，陶醉地需索。就算是「魅惑」的效果也無所謂，刃更對胡桃如此興奮地渴求她，讓她欣喜若狂。

「……胡桃小姐。」

忽然有雙褐色的手，從背後輕輕環抱沉溺於與刃更相吻的胡桃，同時有種溫暖的柔軟物體在她背上推擠開來。

……潔絲特？

胡桃恍惚地想著背後那看不見的少女，與刃更的長吻也在這時耗光肺中氧氣，使她感到幸福的缺氧。

「——哈啊……嗯、呼……哈啊……啊……」

為換口氣而退開唇時——胡桃已彷彿置身於夢境，理性完全瓦解於快感之中。胡桃慢慢向後轉頭，見到潔絲特身上已經只剩內褲，應該是趁胡桃全心親吻刃更時脫下了侍女服吧。擠壓在背上的極軟觸感，是來自罩上衣服也令人歎為觀止的巨乳。

好美啊……對平常的胡桃而言，潔絲特的嬌媚只是羨慕的對象；可是現在的胡桃思緒已被刃更的吻融化，只感到潔絲特帶來的舒適和安心感包圍著她，沒有任何排斥。

「刃更哥哥，潔絲特……來……」

因此胡桃慢慢將雙手搭到頭上，對他們暴露自己最脆弱的兩腋，坦率得連自己都感到訝異。

第3章 一直很想對你坦白

「————」

刃更跟著一語不發地將嘴湊到胡桃的左腋，但這時——

「——刃更主人，請等一下。」

卻遭到潔絲特的制止，目光渙散的胡桃也不解地轉向背後。

「刃更主人——能請你伸出右手嗎？」「呃……是可以，怎麼了嗎？」

見潔絲特表情認真，刃更儘管稍皺著眉，也依然伸出右手。

而潔絲特左手仍抱著胡桃，右手立起食指和中指，在刃更右手手背上來回比劃了幾下。

「胡桃小姐想請刃更主人給她與我們同樣的待遇……那麼，即使不能實際使用那個魔法，讓她也和刃更主人結下主從契約應該是最好的做法；所以我希望這個過程，能盡量以那個儀式來重現。」

「……這樣啊。」

刃更發出表示理解的呢喃，右手背跟著浮現出魔法陣。

「這完全只是形式上的模仿，沒有實質效用……」

潔絲特再次強調後說：

「胡桃小姐……請親吻刃更主人右手的魔法陣。」

胡桃此時也明白她在說些什麼了。儘管不曾親眼目睹，她仍從柚希或萬理亞聽說過這個流程。

「潔絲特……我……！」

感到潔絲特比誰都更了解自己的希望和痛苦，讓胡桃感動得差點掉淚，轉向背後。

……咦……？

接著終於發現某件事實，使她目瞪口呆。

潔絲特脖子上，沒有浮現項圈狀的斑紋──換言之，潔絲特剛才看了胡桃和刃更的深情熱吻也絲毫不感到嫉妒，沒有引發主從契約的詛咒。

──當然，那可能因為她對刃更迷戀到，即使刃更與其他女性親熱也完全不會嫉妒；在「魅惑」狀態下對胡桃感到興奮，也可能有影響。

但是──潔絲特若不是打從心底認為胡桃是配得上刃更的女性，詛咒應該會發動才對。

胡桃明明無法認同潔絲特，給大家添了麻煩──潔絲特卻完全認同了她。一這麼想，至今堵在心裡對潔絲特的心結就霎時化開，淚腺也跟著潰堤。

「……潔絲特……」

胡桃抱住潔絲特，淚水一顆顆地滴落。潔絲特也輕輕抱著她……用柔軟的豐滿胸部將她溫柔地包圍起來，並說：

「來，胡桃小姐……快和刃更主人結下只屬於妳的主從契約吧。」

第③章
一直很想對你坦白

胡桃對催促的潔絲特用力點頭，轉向刃更。

「胡桃……」

刃更也似乎要讓胡桃更看清魔法陣，將右手背伸了過來，並輕聲呼喚她的名字。

「——」

於是胡桃閉上雙眼，慢慢地靠近刃更的手背，吻了一下。

「…………啊。」

當胡桃睜開眼睛時——眼前的刃更毫無改變，但他已不是只將胡桃當妹妹疼愛的青梅竹馬而已。

在那裡的，是與胡桃結下新關係的主人——

「——胡桃。」「是……」

成為她主人的刃更再次呼喚她的名字，而胡桃也開心地應聲。

「……恭喜妳。」

背後的潔絲特也輕聲獻上祝福。

接著，刃更從正前方托起胡桃的下顎——

「——不要動。」

就這麼將唇貼上她的脖子——用力吸吮咽喉。

「呀——呼啊啊啊啊啊♥」

因催淫而感官加劇的胡桃，只是這樣就猛然弓身反仰，高聲淫叫；但刃更仍緊緊吸著胡桃的咽喉不放，潔絲特也從背後用力抱緊她。

「啊……嗯嗚……刃更哥、哥……？」

胡桃對吸了十多秒才終於鬆口的刃更詢問他的意圖，回答她的，是潔絲特。

或許是擺在脫下的侍女服口袋裡吧……潔絲特在手上掀開對折的鏡盒，為胡桃映出她的脖子現在是什麼樣子。

……啊……

見到的，是刃更強行吸吮胡桃頸部的原因。

刃更粗暴的吻法，在胡桃白皙的脖子上留下了清晰的紅色痕跡。

其他人在主從契約的詛咒發動時，會浮現帶有心形的項圈狀斑紋；刃更製造的吻痕，在胡桃眼中就像那斑紋一樣，接著——

「……在這個痕跡消失之前，我一定會把妳的痛苦和不安全部歸零。」

這句話讓胡桃由衷確信——她在刃更心中的位置和其他人完全一樣。

「！——」

因此，胡桃幾乎要撲倒刃更般整個人抱了上去，主動與他激吻；刃更也彷彿接受了「魅惑」效果，動作開始強硬起來。

「哈啊……刃更哥哥……咧嚕、嗯啾……嗯乎……哈嗯……嗯嗚……」

胡桃也改變步調，放蕩地纏舌深吻，吻得肩帶滑脫、裙襬撩起。背後的潔絲特再抬起胡桃的雙手，在一次次嬌扭似的換氣間，將胡桃剝得上身一絲不掛。不過，雪菈的薄紗睡衣造成的催淫和「魅惑」效果，並不會因為脫下它而消失。

「……胡桃小姐。」

所以，潔絲特也加入他們——將這張床化為三人的肉慾熔爐。

——當然，胡桃是他們頭一個攻擊目標。

胡桃來到這房間之前就深陷催淫狀態，稍微摸摸她的胸臀就會輕微高潮，但中了「魅惑」的刃更和潔絲特的愛撫不會那麼簡單。刃更狠狠地刷吸因催淫而鼓脹的胸部尖端，潔絲特將手伸進她的內褲，粗魯地掰揉臀肉——

「啊啊！——呀啊、嗯！……呼……！哈啊……呀、哈啊……啊啊啊啊——♥」

雖然過去也曾體驗類似的事，但沒有一次比現在還要激烈……短短三十秒，胡桃已在兩人攻勢下高潮了五次。

——對於如此劇烈地索求她的刃更和潔絲特，胡桃是完全地放任。

他們會變成這樣，是胡桃穿著雪菈的薄紗睡衣來到這個房間的緣故；會有這種下場，是預料中的事——或者說，自己心裡某個角落，也希望他們這麼做。

「呀、嗯……♥呼嗚、呀……哈啊……啊啊……♥」

因此，夾在兩人之間歡聲媚叫的高潮，帶給了胡桃前所未有的幸福快感，讓她成為一個被肉慾支配的淫蕩女孩。

「……還沒喔，胡桃。」「胡桃小姐……再請妳多享受一點。」

「唔、嗯……刃更、潔絲特……我還要……」

刃更和潔絲特變本加厲地貪求胡桃的肉體，胡桃也自動舉起雙手，對他們暴露自己最脆弱的腋窩。手還沒在頭上交錯，刃更和潔絲特就一左一右地吸了上去，緊接著——

「～～～～～～～～～～～～～～♥」

在全身毛孔都噴出快感的感覺中，胡桃嘗到了前所未有的劇烈高潮，發白的視野遲遲無法恢復。

……啊……啊啊……哈啊……♥

巨大的高潮使野中胡桃愉悅得抖個不停。如此強勁的刺激，竟然沒有沖散意識……令人實際感到自己的身體被開發到了什麼程度。

這樣的事實，足以證明即使沒結主從契約——胡桃與刃更的關係，以及刃更對胡桃的感情，也絕不遜色於其他人，遲早能夠追上她們。

第3章
一直很想對你坦白

那就是——胡桃最想要的救贖。

「……啊……嗯……」

所以，當遮蓋視野的白霧慢慢散去時——

「還好吧，胡桃……」「胡桃小姐，還可以嗎……」

胡桃見到刃更和潔絲特投來關切的眼神，心中滿是感動。

「！……嗯……我沒事……」

現在只讓胡桃一個屈服而已，解除薄紗睡衣魔法效果的工程還有三分之二。胡桃的催淫和刃更跟潔絲特的「魅惑」都沒有消退，而他們卻如此為胡桃著想，讓胡桃也渴望回報。

……啊……

催淫效果的確尚未止息，不過她看著刃更和潔絲特時，已感不到之前那種自卑和痛苦。

相反地，還覺得他們令人慕戀……於是，野中胡桃開心地說：

「……再來，換潔絲特了。」

接著，胡桃和刃更一起溫柔地在床上壓倒潔絲特。

彈盪的豐滿乳房及其尖端隨之映入眼中。

「……潔絲特，乳頭翹起來囉。」

胡桃像是要回敬潔絲特剛讓她劇烈高潮似的說。

「是的……因為我被胡桃小姐和刃更主人魅惑了。」

但她儘管害羞，卻仍呵呵笑著這麼說。這樣的從容，讓胡桃有些不甘。

「我馬上就把妳弄得和我一樣……刃更哥哥。」

「──嗯，我會的。」

單純地想讓潔絲特也陷入快感之中的胡桃，和希望儘快結束這個狀況的刃更彼此點個頭──一起開始愛撫潔絲特。

胡桃與潔絲特面對面，將手繞到她背後伸進內褲揉捏她的雙臀；刃更從她背後將手繞到前方，用力抓揉那對有胡桃臉那麼大的乳房。

「嗯！……啊啊……嗯、哈啊……不、啊──呼啊啊啊！」

潔絲特霎時大放媚聲，抱在胡桃肩上不斷淫蕩地扭腰。因這快感而變得更硬挺的胸部尖端，還被刃更捏了起來，快速搓動。

「啊啊！──呀啊、嗯……哈啊♥啊啊……呀、啊啊啊……♥」

潔絲特柔嫩的雙腿鉗住胡桃的腰，緊緊攀附在她身上。

……原來潔絲特這麼可愛呀……

第3章 一直很想對你坦白

見到年紀比自己更大的潔絲特如此狂亂的模樣，讓胡桃十分亢奮，兩隻小手更在她內褲底下放肆地亂鑽亂揉，而潔絲特也彷彿是被他們的愛撫弄得情慾高漲……內褲裡頭一轉眼就濕氣瀰漫。

隨後——當三人複雜地交纏肢體，持續這猥褻的狀態約五分鐘時——

「啊嗯……哈啊、呼啊啊啊……呀……哈啊啊啊♥」

潔絲特的淫喘有如已成了這房間的一部分，四處迴盪。

裹覆胡桃雙手的內褲裡，已在淫穢的熱氣之中被女性蜜液染得一片濕黏；胡桃每一揉捏潔絲特的屁股，都會發出難以掩飾的水聲。

「呀啊——啊啊……胡桃小……啊啊！」

潔絲特終於羞恥得全身發顫，但表情卻是無比的沉醉。

「沒什麼好害羞的喲……我也是一樣呀。」

胡桃在刃更和潔絲特的擺布下高潮得一塌糊塗，內褲早已是濕淋淋的。

「潔絲特……妳最脆弱的地方在哪裡？」

於是，為了讓潔絲特濕得更加厲害，胡桃要潔絲特說出相對於她腋下的部位。

「啊啊……嗯，是耳朵……！」

胡桃他們的愛撫製造的快感，使得潔絲特淫猥地甩著腰回答。

「所以，胡桃小姐……如果您也要那樣做，能請您和刃更主人一起來嗎？」

「…………嗯，我就做給妳看。」

儘管害羞也主動想保持對等的心意，讓胡桃高興地這麼說，兩隻手抽出潔絲特的內褲。

「嗯！——……」

這一抽使得胡桃的指尖擦過潔絲特的臀肉，讓眼前的潔絲特屁股猛力一抖。接著，胡桃抬起眼——順應這名體貼的女僕的要求說：

「……潔絲特，妳跪下來。」

「是……」

潔絲特笑著點點頭，擺好她要求的姿勢；搖晃碩大的胸部，將臀部朝向胡桃。然後——

「——胡桃，那邊就交給妳囉？」

刃更繞到潔絲特右側，嘴巴貼近她的耳畔並這麼說。

「嗯……知道。」

胡桃用力點頭，也靠近與刃更相對的潔絲特的左耳。

接著——

與攻擊右側的刃更以眼神示個意，唇往潔絲特耳畔一湊，說出一直很想對她說的話。

噥噥絮語地——

第3章

一直很想對你坦白

「潔絲特……謝謝妳今天早上幫我……做餐點喔。」

下一刻，胡桃和刃更一起輕咬潔絲特的耳朵。剎那間——

「！！！——♥」

潔絲特尖聲媚叫，全身猛烈顫動。

只是被刃更和潔絲特咬了耳朵，就激劇地高潮了。

「哈……啊啊、啊……！」

證據就是，沉醉於強烈高潮、屁股淫褻地晃動的潔絲特內褲邊緣，正流出布料擋不住的大量愛液，沿著褐色大腿畫下一條條銀絲。

「…………………」

那令人屏息的妖豔氣息，使胡桃不禁看傻了眼。從高潮恍惚中回神的潔絲特，慢慢面向胡桃說：

「……胡桃小姐……接下來換刃更主人了。」

她蠱媚地微微笑——對胡桃提出一個建議。

「既然機會難得，要不要做點澪大人和柚希小姐都還沒做過的事呢……？」

「姊姊她們還沒做過的事……？」

被潔絲特的豔氣燻得眼神迷濛的胡桃這麼問之後——

「刃更主人……請問您同意嗎？」

那淫蕩的侍女以浸滿快感的眼睛注視刃更如此懇請。刃更一語不發地在床上徐徐站起，雙腿開至肩寬。

「謝謝主人。那麼……」

見到刃更的反應，潔絲特恭敬地道謝並動手解開刃更的腰帶，脫下長褲。

「幹、幹麼……」「……做澪大人和柚希小姐還沒做過的事呀。」

潔絲特回頭對疑惑的胡桃微笑著這麼說後又轉向刃更——將內褲也脫了下來，使他完全地赤裸。

刃更在「魅惑」的影響中，以激烈愛撫使胡桃和潔絲特接連高潮。導致他暴露的私處，已經在高度興奮下呈現難以置信的狀態。

……天啊……

目睹刃更的那部分，讓胡桃一時移不開眼睛，「咕嚕」地吞吞口水。

住在東城家使胡桃偶有和刃更一起洗澡的機會，當然是見過他的裸體，但見到那裡這個樣子，還是第一次。

「……失禮了。」

潔絲特當著胡桃的面在刃更身側跪下，雙手捧起豐滿的乳房，用深邃的乳溝從旁迎去。

「啊——……」

錯愕的胡桃，就這麼愣愣地看著潔絲特的胸部夾起刃更的陽物。

而且，潔絲特的嘴還垂下濃濃的唾液，流進乳溝。

「嗯……啊啊……嗯……♥」

接著慢慢上下搖動碩大的乳房，用乳溝淫褻地蹭弄刃更的陽物，激出「啾叭啾叭」的黏質聲響。

「來，請胡桃小姐也用嘴……」

用胸部服侍刃更的潔絲特帶著妖豔的笑，邀胡桃共事其主。

「嘴巴……我……」

胡桃不禁猶豫。她已經是國中生——擁有足夠的知識，也在萬理亞的調教下學了很多；所以能夠理解潔絲特在做些什麼，以及她在促請的事是多麼激烈，頓時面紅耳赤。

「嗯！……不要怕……大膽超前澪大人和柚希小姐一步吧。」

潔絲特不停將磨擦刃更陽物的胸揉擠成猥褻不堪的形狀，並說：

「快……若您不願意……我就連您的份一起服侍刃更主人囉……嗯、這樣好嗎……？」

說完，潔絲特的唇就往擠出乳間的尖端湊去——

「！——不、不可以！」

胡桃哀號似的急切大叫，制止了潔絲特。明明是自己要求和潔絲特一樣，自己卻做不到潔絲特願意做的事……況且，都三人一起做到現在了，怎麼能在這時候被單獨冷落。

……沒什麼好怕的……！

胡桃有個不敢對柚希和澪說的羞人祕密——她從很久以前就開始拿尺寸與刃更相仿的香蕉，練習用嘴替刃更服務。

胡桃的嘴——早已記住了刃更的尺寸和如何應待。因此——

「…………………」

胡桃篤定心意，與潔絲特面對面地在刃更前跪下。

……只要和練習一樣去做就好了……！

對自己這麼說之後，胡桃抬起眼注視刃更說：

「刃更哥哥……也讓我用嘴巴來幫你。」

聽了胡桃滿面羞怯地這麼說，刃更溫柔地摸摸她的頭。

那舒適的感覺，帶給胡桃堅確的勇氣——隨後，野中胡桃向潔絲特的乳溝舔去，用自己的舌頭開始服侍刃更。

「嗯……咧囉、啾嚕……咧嚕、嗶啾、哈啊……呸囉……咧囉……♥」

刃更的私處經過潔絲特的乳房愛撫，抹滿了她的唾液而濕濕滑滑；胡桃彷彿不願讓潔絲特獨占似的，用舌頭淫穢地抹上更多唾液。

……天啊……這就是刃更哥哥的……！

刃更的雄性費洛蒙從咽喉衝進鼻腔直竄腦門，麻痺胡桃的意識，將她一口氣推升到更淫亂的狀態。

於是不知不覺中，胡桃已將臉整個埋進潔絲特的胸部——

「哈……嗯唔、咧囉、啾……嗶啾、嗯……咧嚕、咧囉、哈噗……嗯嗯嗚♥哈啊……嗯噗……咧嚕啾、嗯噗、嗯嚕……♥」

胡桃小心地不讓牙齒碰撞刃更，並盡可能地塞滿整張嘴，用舌頭捲動興奮得在口中氾濫的濃稠唾液來回舔吸；要用自己的嘴，讓潔絲特用胸部夾蹭的刃更陽物享受更銷魂的服務。

胡桃就這麼以口含充分地愛撫，直到下巴發痠、呼吸難受才鬆口，然後再用舌頭舔得濕聲大作。

「！——」

刃更似乎是快感達到了某個程度，不禁微一抬腰，連帶地輕輕頂上胡桃的咽喉深處，可是——

……哈啊，刃更哥哥……♥

現在的胡桃，對於能用自己的嘴讓刃更舒服得產生這個反應感到無比喜悅，騰湧的愛意使她甚至忘了噎咽，妖媚地不停蠕動她的嘴——所以，沒發現到一件事。

「————」

就像練習騎腳踏車，在後面扶著的人放開了手一樣——潔絲特向後退去，放開了夾在乳間的刃更的私處。為了更容易動作，胡桃下意識地移到刃更正前方，一面用手套弄，一面前後挪動她的頭。不久——用整個口腔來服務的胡桃，終於要迎接那關鍵的一刻。

「！————胡桃！」

刃更叫著她的名字緊抓她的頭——下一刻，幾乎要使她灼傷的炙熱精液在她整張嘴裡大量暴洩——

「嗯嗯～～～～～～～～～～～～～～～～～～～♥」

讓野中胡桃幸福地含著刃更的私處悶叫。多得幾乎令人窒息——但儘管如此，胡桃還是喉嚨一抽，全都吞了下去。

「嗯……嗯……嗯♥哈啊……嗯嗚……嗯……呼……啾噗。」

飲盡最後一滴後，胡桃邊吸邊退，最後慢慢鬆口。

……奇、怪……？

服侍是多麼淫猥。

這時才終於發現那個事實。

潔絲特早已停止對刃更的服務——胡桃是獨力讓刃更射精的。

「做得很好喔，胡桃小姐……」

對胡桃微笑著這麼說的潔絲特，兩眼興奮得水光盪漾，強而有力地反映出胡桃對刃更的服侍是多麼淫猥。

「討厭……不會吧……我、我竟然……？」

「對不起……我看妳那麼認真的樣子，不敢告訴妳。」

當飆升的羞恥心讓胡桃全身打顫時，刃更深深擁抱起她，在耳邊低語並溫柔地撫摸她的頭；胡桃立刻在刃更懷裡轉向一邊，賭氣似的說：

「……下次再騙我，我就當著大家的面咬妳的耳朵。」

「是……」

潔絲特點點頭，從胡桃背後同時擁抱他們倆人，並露出略微揶揄的笑容說：

「可是在那之前……由於剛剛是由胡桃小姐一個人替刃更主人做，所以我們還要再來一次，才能消解雪菈大人那件薄紗睡衣的效果。而且——」

潔絲特繼續說：

「刃更主人也……還想要我們繼續服侍他呢。」

「咦……？啊——……」

胡桃先是一愣，接著很快就明白潔絲特是什麼意思——因為被刃更緊抱著的她，感到有種硬物頂上臍邊。

「沒有啦，我是……！」

見到刃更急著辯解，潔絲特呵呵微笑說：

「胡桃小姐……若您願意，就請您再加深一點和刃更主人的關係吧。」

稍待一拍後——

「——這次，要和我一起做到最後。」

胡桃跟著用力點個頭，和潔絲特一起再次服侍刃更。

為了解除薄紗睡衣的效果。

也為了將自己與刃更和潔絲特的情感——鞏固得更為確實。

6

——爾後，胡桃幾個總算順利解除了雪菈的薄紗睡衣的魔法效果。

不過在潔絲特的提議下，直到刃更在胡桃頸部種下的吻痕消退之前，三人繼續在床上加深彼此的信賴關係，一次又一次地分享刃更的高潮。

「…………嗯……」

野中胡桃忽然回神似的睜開眼睛。

看來是不知不覺睡著了。穿過窗簾間隙的和煦陽光，宣告了早晨的到來。胡桃一發現自己人在床上，睡在刃更和潔絲特兩人中間——就把昨晚在這張床上做過的事全都想了起來。

「————」

並臉紅得會冒火似的在床上縮成一團。儘管很想立刻找個洞鑽進去，但胡桃還是拚命忍下了這股令人發抖的羞恥。

——野中胡桃並沒有遺忘雪菈和露綺亞的忠告。

不僅如此，還在昨晚成功地付諸行動；所以——胡桃決定要面對自己，接受這個事實。如今，刃更已如雪菈所言，接受了這樣的胡桃，而潔絲特也是如此。因此——

……這次換我了……對吧。

對自己這麼說後，胡桃又看看睡在身旁的潔絲特。她是個魔族——還與刃更結了自己所不能的主從契約；然而自己與她同床，卻感覺不到一絲不悅。昨晚途中，胡桃曾有那麼一瞬間感到自己心中的自卑已消失不見；不過她不知道那是暫時性的，還是陷入催淫狀態所造成的錯覺。這麼想時，忽然有種脈動竄過胡桃的左手背。

……剛那是……？

胡桃不吵醒刃更和潔絲特，悄悄具現出操靈術的護手甲。嵌在主凹槽裡的，是露綺亞給她的元素——那黑色的球體中，浮現著昨天之前都沒有的金色魔法陣，魔力波動也有飛躍性的增長。

表示，睡眠狀態的元素已經覺醒了。

……這樣啊。

所以，自己一定是能夠接受並面對自己的弱點，而且跨越它了。

見到元素產生變化，胡桃放心地面露微笑。

——經過被萬理亞推倒、露綺亞硬上，又被雪菈穿上莫名其妙的內衣，又在危險得不得了的狀態下被獨自丟在刃更房間的衣櫥裡。當時是那麼地驚慌，不知道該怎麼辦才好；但後來雖然過程非常瘋狂，依然帶來了好結果……也明白萬理亞口口聲聲說「這是為了追上澪和柚希」，至今對胡桃做了那麼多羞人的行為，原來真的都是為了幫助胡桃實現願望。

當然——她也想順便滿足她的夢魔本能吧。

……沒差，稍微感謝她一下也無所謂嘛。

如此苦笑的胡桃像是整個人放鬆下來，睡意突然來襲。

「呼啊……嗯……」

打了個呵欠後，胡桃揉揉惺忪的眼睛準備睡回籠覺。

昨晚沒回自己房間，也許柚希和澪都在擔心；不過天都亮了還沒有人過來探視禁足令解除的刃更，多半是因為雪菈向她們解釋過了。說不定她就是為了儘快通知柚希她們，才會先從空間通道離開，留下胡桃一個。

——再說，刃更和潔絲特都還在睡，自己多睡一會兒不為過吧。

只是潔絲特沒去叫柚希和澪起床，應該會引起她們的懷疑，殺到這裡來只是時間問題。

雖然有點對不起她們，不過她們見到這個畫面會有什麼表情，倒也挺讓人期待的。

於是胡桃竊笑幾聲，接著鑽進刃更和潔絲特之間，同時——

「…………」「…………」

睡得正香的兩人，理所當然似的抱住了胡桃。

在刃更強壯的臂彎和潔絲特柔軟的乳房圍繞下，睡起來特別舒暢。

野中胡桃就這麼感受著自己成功獲得的事物，再次墜入幸福的淺眠之中。

第4章 啟程之前與妳相伴

1

「這次運動會辦得很成功，大家辛苦了——乾杯！」

『乾杯～！』

擔任聖坂學園學生會副會長，以及運動會執行委員會會長的梶浦立華起頭一呼，同桌的人們跟著齊聲附和，輕觸彼此的玻璃杯。

負責統籌今年運動會執行委員會的學生會成員，共有四人。

現在這飯局，就是他們的慶功宴。

——執行委員會自己的慶功宴，已在日前結束。

不過——掌管學校行事的學生會成員，不同於從那之後就能脫離委員會事務、回到正常學生生活的一般學生，需要重新檢視所有部門的活動報告，審核運動會整體的籌備過程中是否出現缺失，並挑出需要反省或改善的部分，整理出學生會活動記錄，供來年度參考。

當然，在管理執行委員會的同時，他們仍需要處理日常的學生會事務，也得面對期末考。因此，往年只要無法在第二學期處理完運動會的善後工作，就會變成令人頭痛的問題；所以參與運動會籌備的學生會成員，會慣例性地在善後工作大功告成的第二學期最後一天——也就是一直忙到十二月二十五日，然後在當天晚上舉辦慶功宴。

現在時刻是傍晚五點過後，他們所在的位置是一家鄰近車站、只有老饕才知道的義大利餐廳——最裡頭的席位。參與運動會的學生會成員只有四人，椅子卻有六張，而且此刻全都坐滿。

那是因為除了學生會成員外，梶浦還招待了另外兩人。

一人是聖坂學園無人不知的絕色保健室老師——長谷川千里。

「——長谷川老師，那天真的感謝您的幫忙。」

梶浦將玻璃杯放在杯墊上，向長谷川淺淺鞠躬道謝。

「都那麼久了還謝什麼啊，感覺怪怪的……照顧你們是我平常分內的事，不會因為運動會就變得比較特別嘛。」

長谷川淺笑起來，剎那間不只是梶浦他們這桌，甚至彷彿整間店的氣氛都高雅了起來。

……我還以為自己知道這個人有多漂亮呢。

梶浦立華再次對左斜對面座位的長谷川的美以及存在感感到詫異。

第4章 啟程之前與妳相伴

——今晚的長谷川，穿的不是梶浦等學生平常會在學校裡見到的白袍。

而是大方在胸前開了大洞的紅色環頸晚禮服，雙手還戴上黑色薄紗長手套，十分美豔動人。電視節目上偶爾會介紹人氣酒店紅牌或高級俱樂部的伴酒女郎；現在的長谷川渾身都散發著那些夜晚的花蝴蝶都要黯淡無光的美，就連奧斯卡星光大道上的好萊塢女星也會自嘆弗如。美成這樣，教人嫉妒都嫉妒不起來，心裡只有感動。儘管平時穿白袍的她就夠美了——

……在學校，她那樣還差遠了吧。

放學離開學校時，長谷川已經換好這身服裝。聽說一小部分有幸在走廊上與她擦身而過、見到她搭上來到教職員出入口的計程車揚長而去的學生，全都興奮得又叫又跳，惹出了一點小騷動。

「不、不過……我們學生平常就真的很受老師照顧呀。」

對長谷川所說的「分內的事」表示感謝的，是任誰看了都會誤以為是女生穿男生制服的橘七緒。的確，長谷川不僅是運動會中教職員方的大功臣，在平日校園生活中，從全校學生到教職員都是她照護的對象。

「所以……長谷川老師，真的很感謝您平常的照顧。」

七緒有些靦腆地向長谷川致謝。在人數少的聚會上發言，免不了吸引所有人的目光；個性內向的七緒明知如此卻仍這麼說，是因為體質虛弱的他經常出入保健室，受了長谷川不少照顧的緣故吧。隨後，坐在梶浦左右的其餘兩名學生會成員……總務組的一年級生武井瞳子，和會計組的二年級生加納三太也說：

「就是說呀。要直接照顧全校學生的，就只有老師一個了耶。」

「所以我們一直很想代表學生，稍微慰勞一下老師。」

加納吐露肺腑之言似的說：

「能和我們學校最多人崇拜的長谷川老師一起吃飯，還能看到這樣的打扮……對我們來說可是最棒的聖誕禮物耶！對吧，橘？」

「就……就是啊，我想加納學長說得沒錯。」

梶浦見到七緒尷尬地點頭回答讓長谷川輕笑一聲，急著圓場：

「……對不起喔，老師。都是加納亂說話。」

「沒什麼……我只是想起以前也有人對我說過類似的話。」

「咦？這該不會是老師以前也和男生去哪裡吃過飯的意思吧？」

「……這個嘛，妳說呢？」

長谷川悠然笑著這麼說，閃躲了武井興致勃勃地的追問。

「話說，今天是第二學期最後一天，聽說教職員那邊每年也都有自己的餐會……那老師您來這邊沒關係嗎？」

第④章
啟程之前與妳相伴

「沒關係……和那邊的大人應酬交際什麼的，和我個性實在很不合。」

長谷川回答加納時露出的苦笑，忽然變得戲謔起來。

「其實，你們約我剛好幫了我一個忙。平常像那種聚會，我都是隨便編個理由擋掉……可是校長和教務主任他們從上個星期就一直在念，要我至少要在尾牙上露個臉，所以我今天就用約會當藉口躲到這裡來了。」

像長谷川這樣的大美女，光是出席教職員餐會就會遇上很多麻煩或不愉快的事吧。會穿上這身禮服，就是為了讓約會這個藉口更有說服力的包裝。老師為了參加這邊的慶功宴做到這種程度，讓梶浦這副會長很想盡可能地款待她，因此——

「老師……謝謝您這麼看得起我們這個小餐會，希望老師玩得開心。」

梶浦笑容可掬地對品嚐著紅酒的長谷川這麼說，接著視線轉向自己的正前方——與她隔桌而座、被長谷川和七緒夾在中間的，是學生會今天招待的第二人。

和長谷川一樣，梶浦他們認為那人是這次運動會中的學生方最大功臣。

於是，梶浦立華道出感謝的話語——發自內心地：

「東城同學，謝謝你各方面的幫忙……有你的輔助，我們才能辦得這麼順利。」

聽了坐在正前方的梶浦認真地這麼說——

「沒有啦……我哪有幫到什麼大忙啊。」

東城刃更一副受寵若驚的樣子。這不是謙虛……儘管他的確因為狀況需要，擔任了輔助梶浦和七緒等學生會成員管理運動會執行委員會的工作，不過他做的主要只是整理或檢查書面資料，否則就是偶爾確認一下各部門的進行狀況，需要社團或教職員幫助時跑腿聯絡之類的，並沒有做過什麼值得受管理群邀請的事；再說，之前刃更已和柚希跟澪，還有榊跟相川參加了執行委員會舉辦的慶功宴。

「……而且，我還和那些三年級學長惹出問題……」

籌備期間，刃更曾與部分男學生起衝突，鬧了點小騷動。

——當然，那是無可奈何的行動。三年級生——特別是堂上對梶浦的惡劣言行，刃更說什麼也無法視而不見。

……可是。

刃更與堂上幾個起衝突，並非只是出於看不過去梶浦被他們污辱的正義感。

那時候——刃更從長谷川的公寓回家途中，某人操縱普通人襲擊了他；但他遲遲找不到有效辦法揪出那名神祕襲擊者，只能將堂上列為嫌疑人之一。刃更會主動挑釁，主要是為了看看堂上的反應。

第4章
啟程之前與妳相伴

……不過。

相對地，刃更也無法否認那樣的行為連累了管理執行委員會的梶浦他們。若真的是為一心想辦個成功的運動會而盡心盡力的學生會著想，以更穩當的方法處理才是上策——畢竟這樣的方法還有很多。只是——

「不、不要那樣想嘛！」

身旁的七緒忽然拉高音量。見到文弱的七緒如此難得的反應，在場所有人都驚訝地盯著他看；七緒也因此赫然回神，紅著臉縮成一團，但還是抬眼看著刃更說：

「……因為東城同學那樣幫了我們很大的忙啊，真的喔？」

「是、是喔……？」

真的是這樣就好。不過橘……你今天怎麼也這麼可愛啊？

在刃更心裡不禁一陣騷亂時——

「橘說的都是真的喔。那個堂上學長後來變這麼乖，都是因為有你在的緣故啊。」

「沒有啦……太抬舉我了啦。」

確實是如此。儘管刃更給了那些在執行委員會上目中無人的三年級生一點教訓，可是堂上會真正安分下來是因為七緒使用魔眼，再加上刃更的導師坂崎守為了攻擊刃更幾個而操縱了他；然而事情在不知內情的人們眼裡，就像是刃更鎮住了堂上一樣。

「我只是，更惹火了堂上學長他們而已……」

「——你錯囉，東城同學。」

梶浦輕聲打斷刃更的話，搖搖頭說：

「的確，想對堂上學長動粗，不是值得鼓勵的行為……但是，如果你當時沒有制止他們，委員會一定會被他們搞得一塌糊塗，而且根本不會有挽回的餘地。」

「…………」

「再說——就算沒發生那件事，我還是覺得你提供了很多貢獻。因為有你幫我們處理雜務，讓我們的負擔減輕很多喔！」

「就是啊。東城同學做事又快又仔細，不只能坐辦公桌，機動力也很強。感覺上……不只是決定下得很快，行動還都有預測到下一步變化的感覺呢。」

武井附和梶浦所發表的感言，讓刃更不禁苦笑。

預測到下一步的行動、短時間連續下定決策——這種話，就像是在形容刃更這速度型神速劍士的戰鬥方式一樣。

「謝謝你們……這麼看重我。」

雖然東城刃更已經不具有勇者身分，但過往的經驗——從與同伴共度的時光中得來的東西，至今仍紮實地留在身上。多虧如此，才能保護被捲入異能之爭的澪，與她並肩作戰。原本是應該就此滿足的；不過，若能額外幫助其他人的日常生活——

……那也是一件很棒的事。

就算再也回不到從前——連同痛苦的回憶一起遺失了它。

只要過去那些珍貴的時光，在戰鬥以外的事物也能創造它的價值——

對東城刃更而言，無疑就是種救贖。

『…………』

表情和語調都不知不覺變得嚴肅的刃更，使場面自然地凝重起來。糟糕，難得大家開開心心辦個慶功宴，怎麼能把氣氛搞砸呢。

「——對了，把整間店包下來，真的沒關係嗎？」

刃更急忙環視店內說道。儘管這是間座位不足二十席的小店，要包場也需要十人以上吧。不是每對情侶聖誕夜都有辦法相聚，現在又是尾牙時期，這裡離車站也近，會上門的人應該不少才對。對於這個問題——

「喔，沒關係。這間店啊，每年這一天都願意讓我們學生會包下來喔……而且很便宜喔。聽說，這個慣例已經持續了快二十年了。」

加納笑著這麼說後，梶浦補充道：

「正確來說是從十七年前開始的。當時的副會長非常能幹，一轉學過來沒多久，就把我們學校原來規規矩矩的運動會和校慶大大改革了一番，變成現在這麼熱鬧。東城同學你們參加的男女混合三人四腳障礙賽跑，就是他的點子。」

「是喔……想不到這個項目歷史這麼悠久。」

還以為那種東西是這幾年哪位仁兄心血來潮搞出來的呢。

「而且聽說他走到哪裡都迷死一堆人，很多人因為崇拜他而加入學生會，弄得那一屆人數特別多呢。後來，這間店的老闆和他交情很好，就開始用便宜價格租給學生會辦運動會的慶功宴了。」

「我記得，他是姓『東』對吧？」

梶浦對提問的武井點點頭說：

「對，他叫東丈人——不過很可惜，他很早就轉學，之後再也沒消息了。」

「！——嘎哈、咳咳……！」

一聽到這名字，拿玻璃杯喝烏龍茶的刃更猛然一嗆。

「東、東城同學，你還好吧？」

「沒、沒事……不好意思，好像不小心嗆到氣管了。」

刃更對擔心地為他拍背的七緒道謝，同時心想——

……那個臭老頭到底在搞什麼飛機啊！

第④章
啟程之前與妳相伴

刃更頓時頭都大了。東丈人這名字，是刃更的父親東城迅出臥底等任務時慣用的假名，只要改變姓名段落和念法就是完完全全的東城迅，非常地馬虎（註：東丈人日語發音是Azuma Takehito，東城迅為Toujou Jin），不過他本人認為這種事是愈單純愈好就是了。

想不到那個三人四腳會是迅搞出來的比賽。剛聽他們解說時，還覺得原來這麼早以前就有笨蛋，結果自己的父親就是那個笨蛋；而且兒子刃更還替父親還債似的參加了那場比賽，現世報也不是這樣的吧。歷史真是種恐怖的東西。

……這麼說來，老爸等於是我的學長吧。

就時期上來說，十七年前是魔界那場大戰的末期吧。既然戰鬥已經在收尾當中，的確是有可能因為任務需要而成為聖坂學園的學生；若途中回到了戰場，也能說明他為何很快就轉學。說不定會和這裡的老闆交上朋友，也是臥底任務中經常接觸的緣故。

刃更一面想像迅的過去，一面在七緒的幫助下調整呼吸。這時──

「──東城同學，你想不想加入學生會？」

「咦……妳說我嗎？」

梶浦突來的問題，讓刃更錯愕地反問。

「看你驚訝成這樣，我都不好意思了……我剛才就說啦，你這次的表現真的幫了我們很大的忙；所以我想你加入學生會以後一定更能夠大展身手，而且聽說你還沒加入任何社團嘛！怎麼樣呀？」

梶浦接著說：

「我們幾個，明年也都想繼續留在學生會。這次和你一起籌備運動會的我們這四個，會成為擔綱明年學生會的核心幹部……到時候如能借重你的力量，我們心裡就安穩多了。」

不覺之間，梶浦表情變得十分認真。不僅是她，七緒、加納和武井，也都誠摯地注視著刃更，表示那不是梶浦一個人的意思。

……原來是這麼回事啊……

其實，刃更對自己受邀慶功宴的原因已心裡有數；梶浦會要他坐在對面的位子，也是為了方便說話吧。

真是令人感動啊。在刃更心中，受到梶浦他們如此器重，除了高興還是高興。

「順便跟你說一下，春季舉辦的校慶，都是從前年寒假中開始準備……東城，你寒假有事嗎？」

「……對不起，加納學長。我明天就有事要出個遠門。」

刃更淺淺低頭道歉，鄰座舉著紅酒杯的長谷川接著問：

「遠門是吧……你是要和成瀨跟野中她們出國嗎？」

刃更只是點點頭回答：「是啊，就是那樣。」就打住了。既然不能說出實情，別讓這話題過度擴展比較好。

「哇～現充耶……」

武井白著眼這麼說，刃更只好搔頰苦笑。

——就某方面而言，武井說的並沒有錯。

刃更等人今年寒假，必定會是無比地充實。

……畢竟。

散會後——刃更等人就要在萬理亞的姊姊露綺亞的引領下前往魔界。

「所以，對不起……要在寒假裡幫忙，可能不太方便。」

見到刃更低頭道歉，梶浦眼帶責難地看了看加納後說：

「沒什麼啦。今天第一次跟你講就要你寒假來幫忙，本來就是強人所難嘛……加納，我看你只是想輕鬆一點吧？」

「還好啦。」加納不以為意地笑著說，梶浦跟著「唉」地嘆氣。

「所以呢，東城同學……我不是要你現在就下決定。可以的話，能請你利用寒假時間好好考慮一下嗎？」

「…………我知道了。」

沒必要在這時候無端弄僵氣氛，於是刃更點了頭，並且——

「那個——長谷川老師。」

趁這個機會，向長谷川問幾個問題。

「到國外旅遊的時候……有什麼注意一點比較好的事嗎？」

不久後，刃更等人就要為了解決圍繞著澪的種種問題而前往魔界。

要面對的，是現任魔王雷歐哈特或合稱樞機院的諸位高等魔族——免不了打一場硬仗。

雖然已做好覺悟，但刃更還是想在啟程前聽聽長谷川的意見。

過去每當刃更找她談心，她都能為刃更指引一條明路。

那就像真正的魔法或法術一樣，屢屢幫助刃更度過難關。

因此——即使明知這樣很厚臉皮，刃更仍又向長谷川尋求了建言。接著——

「這個嘛，也不是只限於出國啦……」

長谷川以此為前提後說：

「旅行的時候，時間大多都不夠用……那是因為預先定好的計畫往往趕不上變化。當然，我不是要你別立計畫；只是如果太固執於原訂計畫，很容易讓自己忘記什麼才是最重要的。」

「什麼才是最重要的……嗎？」

刃更依樣反問，長谷川點點頭說：

第4章
啟程之前與妳相伴

「對。旅途上，注意力很容易被眼前新鮮的事物吸引住，讓人看不清楚遠方。來到陌生的土地，那或許是沒辦法的事；但還是盡量要提醒自己，把想法放得柔軟一點。如果，這趟旅程上有一定要去的地方或一定要做的事，就把心思全部放在完成這些目標上吧。」

聽好了。

「不要想在一次旅程上做完全部的事……無論那裡有多遠，只要有心，隨時都有可能再去一次。可以延後的事，就留到那時候再做吧。」

「……這樣啊，說得也是。」

幸好有問……刃更打從心底慶幸。長谷川提供的建言，總是讓人有茅塞頓開的感覺。無論如何都得完成的事，和無論如何都想完成的事看似相同，事實上卻是不同的東西；而目的地是魔界，也讓人產生了不會再有下一次的錯覺，但其實──

……有需要就先撤退，再找機會行動就好了吧。

刃更等人原本是認為，這次非得到魔界一口氣解決自己遭遇的所有問題不可──但那種想法太過自負，反而容易斷了自己的生路。

自己的確是有些絕不能退讓的事……不過並沒有必要一次就全都處理得漂漂亮亮。尤其是澪身懷的問題牽扯到穩健派與現任魔王派之爭，影響範圍遍及魔界全土；想一次就全部解決，簡直痴人說夢。

「——怎麼樣，有幫到你嗎？」

「有……謝謝老師。」

在刃更明確地點個頭，回答呵呵輕笑的長谷川時——

「——不好意思，為您上菜。」

女服務生端著盛放前菜的盤子來到桌邊，將這話題告一段落。

「那個，東城同學……」

在她一一為大家送餐的途中，旁邊的七緒悄悄扯動刃更的袖子，在他耳邊問：

「關於剛才那件事……如果方便的話，可以請你也問一下成瀨同學和野中同學的意願嗎？如果有她們陪，你應該也會做得比較高興吧。」

「…………這樣啊，也對。那好吧，我考慮看看。」

刃更再低聲說：「謝啦。」七緒跟著「嗯」地開心一笑。

……這樣也不錯。

刃更積極地想。自己現在處於被魔界兩大勢力盯上的狀況——若無法解決這個問題，根本沒心力加入學生會。

……可是。

如果這些亂七八糟的事都塵埃落定……那或許是個值得考慮的選擇。

澪和柚希，還有自己應該都是由衷地想享受校園生活才對。

享受——如此理所當然的生活方式。

2

當所有人面前都送上前菜，用餐的時間也開始了。

首先是用上生火腿和起司等的三種冷盤，再經過下了大量蘑菇的白醬義大利麵，來到聖誕節的應景主餐。

那是一大塊淋上了烤洋蔥拌雪莉醋醬的烤火雞肉。

……還真豪華耶。

從它單點式的菜單來看，價位雖比起高級餐廳合理得多，但也不是高中生能輕鬆負擔的程度。除了餐點外還有飲料喝到飽，自然是不會平價到哪裡去。

看樣子，這筆帳應該是編在學生會預算裡；不知他們是資金充裕，還是迅和老闆是老交情所以有特別折扣。刃更側眼窺視四周，只見其他人都專心於眼前菜餚，吃得津津有味。

……算了，這不是我該在意的事。

吃都吃了，現在操這種心也沒意思。

刃更跟著其他人拿起刀叉切一口火雞送進嘴裡，醬料和肉的鮮味頓時迸散開來，還有種清涼芬芳的香草氣息同時灌鼻而出……多半是醬底或油裡頭加了迷迭香吧。

「好吃耶……！」

「這樣啊……你喜歡真是太好了。」

見到刃更不禁讚嘆，眼前的梶浦微微一笑。

那是在執行委員會上從來沒見過的優雅表情……梶浦如此令人意外的一面，讓刃更剎那間不禁盯著她瞧。

「——！」

刃更差點弄掉了刀叉，但那不是因為梶浦讓他恍神而不小心手滑。突然有隻手，在桌底下偷捏了他大腿內側一下。垂眼一看，鄰座長谷川的左手伸進了白色桌布底下——

「…………」

由於身穿性感禮服的長谷川，讓人眼睛很容易不由自主地往胸口飄，刃更盡量不去看她，她卻趁亂偷襲……刃更側目投出「幹什麼啦」的眼神，長谷川跟著不動聲色地停下動作；不過手依然擺在刃更大腿上，喝光杯中的酒再點一杯一樣的，女服務生便拿了酒瓶過來。就在這時——

第4章
啟程之前與妳相伴

……啊……！

東城刃更整個人緊張了起來。長谷川的指尖在他大腿上滑呀滑地撫摸起來，力道巧妙到令人差點叫出聲音——已經不是搔癢，而是要真的要挑逗刃更的愛撫。

「這樣子可以嗎……？」「這樣剛好……謝謝。」

向倒酒的女服務生道謝之餘，長谷川依然仗著自己的手在眾人看不見的死角，若無其事地不停撫摸刃更的大腿。

「…………！」

那對長谷川而言可能只是小小的惡作劇，但刃更可受不了。

刃更暗地用眼色對長谷川喊停，長谷川卻只是一派輕鬆地和面前的武井聊她的天，同時用指尖在刃更大腿上寫「花心」。

……是怎樣！

刃更不禁在心中抗議，而情緒似乎也不小心反映在表情上——

「東城同學，怎麼了嗎？」「……沒事，沒什麼……！」

刃更連忙搪塞，佯裝鎮靜姑且將注意力放到餐點上。畢竟手握刀叉的狀況下，只能任長谷川擺布。

「咦，東城你怎麼啦，突然吃得這麼急？」

這時，長谷川忽然帶著悠哉笑容這麼調侃刃更。

「！……因為這個火雞很好吃，一不小心就停不下來了……」

「這樣啊——既然你這麼喜歡，我也分你吃一半好了。」

說完，長谷川將自己盤子推到表情緊繃的刃更面前。

「我已經事先切好了，所以沒沾到我的口水，放心吃吧。」

低頭一看，長谷川的火雞肉已有一半整齊地切成了一口大小。

……她、她是能預測我會說什麼嗎……？

為了桌底下的惡作劇做這種準備也太周到了吧。

「不用了，這樣太對不起老師了……」

「年輕人不必客氣這種事。還有，不要突然吃得這麼急……對消化不好喔？」

長谷川對婉拒的刃更露出最頂級的笑容，不過梶浦卻擔心地問：

「老師——是不是不太合您的胃口啊？現在還早，我去請廚房幫您換其他的怎麼樣？」

好耶，學姊——刃更在心中痛快地大叫。

「沒有，東西很好吃……是我自己最近在節食。」

「少來少來，長谷川老師身材這麼好，哪需要節什麼食啊！」

加納以不容反駁的語氣對苦笑的長谷川這麼說，但想不到——

第4章
啟程之前與妳相伴

「我也是個女人——有喜歡的男人以後，當然會想為了他讓自己更漂亮一點呀？」

長谷川卻大大方方地這麼回答。

『……………………』

突來的自白使所有人都當場愣得眨眨眼睛後——

「咦～～～～～！原來老師真的有男朋友啦！」

武井上半身往長谷川靠過來，眼神閃亮地問。

「學校裡很多人都在說，老師這一個月來變得特別漂亮……絕對是因為有了男人呢！」

原以為個性一板一眼的梶浦會制止難掩興奮的武井——可是她到底還是女孩子，也又驚訝又好奇地問：

「老師在這之後該不會真的要去約會吧？」

「沒有，不過如果對方想要，應該是可以吧。」

長谷川說完就朝刃更瞥了一眼。

……唔……

在桌底下惡作劇已經夠頭痛的了，現在話題怎麼又往更危險的方向偏啊。在如此不安下

——

「——老師，還是給我吃好了。」

為了扯開話題，刃更將長谷川的火雞肉移到自己盤上，一口接一口地塞。

「好吃啊……這個火雞肉真的超棒的耶！」

然而，沒人想看刃更狼吞虎嚥的吃相。

「老師大多都是辦公室戀情嘛！該不會，老師的對象也是學校裡的人吧？」

「妳自己猜囉……」

對於武井一頭熱地追問，長谷川從容地笑著閃躲。

「那至少告訴我們對方年紀比較大還是小嘛！老師平常都酷酷的，是不是兩個人獨處的時候就會不一樣呀？」

「這個嘛……年紀是比我小。獨處的時候是不是和平常的我不一樣，我自己也不太知道；只是……」

長谷川將桌底下摸著刃更大腿的手滑向內側，並說：

「平常我對自己和別人的性別，並不會很在意……可是在他面前，我就會經常想起自己是個女人；所以我會想只讓他一個看看，別人絕對看不見的女人的面貌。」

『…………！』

長谷川呵呵隱笑的模樣妖豔得讓在場所有人都抽了口氣，笑她在炫恩愛之類的話根本說不出口。

「！——謝謝老師！」

這時，東城刃更將老師分的肉和自己的全部掃空就立刻放下刀叉，把手伸進桌下，抓住長谷川一直在摸他大腿的手。

但是——長谷川早已預料到他會這麼做。

「這麼快就吃完啦，東城……有這麼好吃嗎？」

「託老師的福……」

刃更對長谷川說句只有她聽得懂的挖苦後，那美豔絕倫的保健室老師笑嘻嘻地在桌底下和刃更如情侶般地纏指交握，只翹起食指並往刃更的大腿溜去，畫下好幾個愛心。

「東、東城同學……你流好多汗喔？」

「我、我沒事……大概是火雞的辛香料很幫助排汗吧。」

刃更試著矇混過去，「有效到冷汗都停不下來啦」這種話就忍住不說了。

「——請問需要上甜點了嗎？」

女服務生見到大家的餐盤都空了，上前詢問。

「好、好啊……差不多了，麻煩妳。」

梶浦這才回魂，趕緊點頭回答。

「今天的甜點有提拉米蘇、冰淇淋冰沙和綜合莓果塔三種，各位要點什麼呢？」

刃更幾個立刻從女服務生提供的選擇中點了自己喜歡的。

在她回到廚房送單、桌上換了個氣氛時——

「……既然只剩下甜點了，差不多可以開始那個交換禮物了吧。」

「學生會傳統終於來啦……那就都拿出來吧。」

……啊……

梶浦的提議得到加納的附和後，桌底下長谷川在刃更大腿上畫愛心的手也停了下來。總算停了嗎……刃更戰戰兢兢地放開牽住的手，長谷川的手也慢慢伸出桌布。

「呵呵……」

並帶著滿足的笑，自然地抬手撩起勾在耳邊的黑髮。

……受不了。

刃更放心地鬆了口氣，將手伸向桌下的置物籃，拿出裝了禮物的紙袋。他事先就知道今天要交換禮物，也沒忘了準備。預算最高兩千元，為尊重個人心意，自己親手做的也無妨；不過大概沒人會想要男人親手做的禮物，所以刃更準備的是用規定預算買的東西。

當大家都準備好禮物後，加納將擺在一旁空桌上的每邊約三十公分的箱子拿過來；箱頂和四個側面上都開了直徑約十五公分的洞，讓早前就注意到這個怪箱子的刃更十分好奇。

「還真的是學長你們準備的啊……這是幹麼用的？」

第4章
啟程之前與妳相伴

「這個啊？這是我們聖坂學園學生會代代相傳的『臉紅心跳箱Z』喔。」

加納捧著箱子回到座位，擺在自個兒桌上說：

「因為慶功宴是在聖誕節辦的，所以當時的學生會長就建議大家交換一下禮物……結果那個傳說中的副會長說單純交換禮物不好玩，就想出了一個要用這個箱子的遊戲。」

「上面不是有五個洞嗎？每個洞裡都有紙條，頂面的洞是『分配號碼』，側面的洞分別放了寫『拿幾號的禮物』、『花多久時間或幾次』、『由自己或者和其他號碼的人一起』、『必須做什麼事』。」

梶浦接著說：

「也就是說，那是一方面用抽籤交換禮物……一方面照紙條上的指令做事的遊戲啦。」

「聽起來，梶浦學姊好像不太想玩耶？」

刃更從梶浦的語氣和表情感到有點不對勁。

「因為有的指令很亂來啊……完全是靠運氣，而且指令又是當時的學長姊準備的，就像國王遊戲一樣命令誰要和誰做什麼，沒有把大家感情弄糟就要謝天謝地了呢。」

「……這、這樣啊？」

這個臭老爸到底在想什麼啊——不敢相信的刃更應聲後又問：

「那麼，那邊那個白色的大袋子裡面就是……」

「對，指令要用到很多道具，都裝在那裡面。」

好可怕的聖誕禮物包啊。話說回來——

「那個……真的不想玩的話，單純交換禮物也可以吧？」

迅可是在那當年會想出被女生夾在中間的笨比賽的人，箱子裡肯定全都是年少輕狂到不行的指令。

「不行……這是一定要做的事。」

想不到梶浦搖搖頭說：

「剛剛加納不是說這是『傳統』嗎？在十七年前的運動會上創下空前盛況的那屆學生會，可說是我們學校的傳說……所以為了沾一點成功的氣息，在這間店辦慶功宴跟交換禮物的傳統就開始了。」

「與其說是傳統，我還覺得比較像一種魔咒呢。因為啊——」

加納說道：

「以前有很多人像你說的不玩這個遊戲，或是把指令改得清淡一點……可是每次到了下一年運動會，就一定會遇到一些無妄之災。」

「也就是說……？」

刃更交互看著七緒和武井問。

「……嗯，我也是今天才聽說。」

「就是這次如果不玩，等到明年我們這屆主辦運動會的時候就會出事啦。」

而兩人都對刃更回以苦笑。

「……真的有這種事啊？感覺有點像是迷信耶……」

「大概吧。」加納對懷疑的刃更聳聳肩說：

「今年的執行委員不就發生了人數太多、和三年級學長吵架跟當天颳龍捲風等等亂七八糟的問題嗎……其實去年慶功宴上，就有那麼一個人紅著臉拒絕說『我才不要照這種指令做咧！』，事後還發下豪語，說她才不會輸給這種魔咒，一定會讓我們這屆辦一個成功的運動會呢。」

「…………！」

有個人聽了加納的話後身子跳了一下，尷尬地紅起臉。

不是別人，正是梶浦。見到她的反應，加納苦笑著補充：

「不過就我看來，今年運動會到最後還是很成功啦……只是為了明年著想，希望你可以尊重一下這個魔咒。」

「原來是這麼回事啊……」

「……對不起喔，東城同學。好像讓你上了賊船一樣。」

「不會啦，為了明年好嘛……」

這不是梶浦該道歉的事吧。說起來，刃更才想為迅的爛攤子道歉呢。

「長谷川老師……因為這個緣故，我們等一下可能會有點吵，可能要請您包涵一下。」

梶浦不好意思地說：

「當然喝酒之類違法的事，我們是絕對不會做的。」

「這不是已經延續了十多年，就像傳統一樣的東西嗎？這麼久了，也沒聽說過以前學生會玩這個惹過什麼問題，而且我們今年也包下這間店了；在這樣的地方玩，應該不會鬧到哪裡去……所以別擔心，我不會那麼煞風景，因為稍微吵一點就不給你們玩的。再說——」

長谷川繼續說：

「我沒看過這種遊戲……這次我就乖乖當個觀眾，你們自己好好玩吧。」

「——各位久等了。」

長谷川笑呵呵地這麼說時，女服務生送來了刃更等人點的甜點。

「那麼——我們就一邊吃甜點一邊開始吧。」

接著，聖坂學園的傳統交換禮物遊戲就這麼在加納的話中揭開了序幕。

第4章
啟程之前與妳相伴

3

所有人首先從頂面的洞抽籤，決定各自的號碼。

刃更抽的籤是4號——表示他是第四個從箱子抽禮物和指令的人，以及——

……只要別人抽到4號，我就會被捲進對方的指令去。

根本是俄羅斯輪盤嘛。梶浦說，沒有把大家感情弄糟就要謝天謝地了；換個角度說，由於實際上在這狀況下，抽籤者本身的觀念和道德都起不了作用，無論指令多麼殘酷無情都得照辦。

「現在——就我先來吧。」

抽到1號的加納這麼說之後就從側面的洞各抽一張對摺兩次的紙片出來。

他沒有打開紙片，直接將四張籤全交給武井。

讓下一個號碼的人來宣讀內容，據說是為了增加緊張程度而定下的規則。

「——加納學長抽到的是3號禮物。」

武井首先打開寫了禮物編號的籤，然後展示在眾人眼前，七緒跟著稍稍舉手說：

「那個，我是3號……呃，加納學長，送給你。」

「喔，謝啦！」

加納一接過禮物就迅速拆開包裝紙看禮物，裝在那小盒子裡的是——

「呃……時鐘？不對，是計步器啊？」

「對，正確來說是活動計量器……可以計算步行距離還有消耗多少熱量等等。」

七緒點點頭，有些害羞靦腆地說：

「因為我身體不太好，所以想送點對健康有益的東西……不嫌棄的話，可以請學長試用看看嗎？」

從他含蓄地說「可以請學長試用看看嗎」而不是說「請學長試用看看」，能看出七緒的可愛不僅是來自外表，還來自他的個性，讓刃更心裡有股暖意。

「好，我就試試看……武井，趕快來看我抽到什麼指令吧。」

武井跟著點點頭說聲「好」，打開剩下的籤。首先是「三十分鐘」，再來是「自己一個人」，讓大夥兒都鬆了口氣，加納本人則是憤憤咂嘴。

「嘖……沒人墊背啊？」

最後，武井打開最後一張寫了指令的籤。

「……『繞著這附近跑步』。」

「現在是運動會的慶功宴耶，還要我一個人在這麼冷的天氣裡跑那麼久喔？」

加納不禁一臉苦悶。

「哎呀，馬上就能用到橘送的禮物了，這不是剛好嗎？」
梶浦像是回敬加納爆去年慶功宴的料，呵呵笑著說：
「不可以偷懶喔，回來看計量器就能知道你有沒有作弊了。」
「不會吧……對了，應該還有東西要給我用吧？」
「……我找找，是這個吧？」
武井從白色大布袋中取出一個黑色的腰包說：
「拿去。裡面有擦汗用的毛巾和給你換穿的T恤。」
「也太周到了吧……可惡。」
加納從武井手中接過腰包，從盒裡拿出七緒送的活動計量器裝上電池戴在手腕上，然後把盤裡的提拉米蘇整個塞進嘴裡站起來說：
「沒差，這樣就不會被後面的指令害到了。那我走囉。」
這時，長谷川叫住加納。
「等等，加納。去之前先穿個外套。」
「不用了，反正跑一跑也會熱得脫掉……而且最後還是會回來這裡，這樣子比較輕鬆一點啦。」
「你要考慮的是流汗以後身體可能會變冷的狀況。還有，身為保健室老師，我不太贊成你飯後就跑步……如果要跑，最好是先慢步三十分鐘當暖身運動，等身體熱起來再說。」

「咦……可是這樣不就變成一小時了嗎？」

「明天就要放寒假了，你不想被消化不良或感冒弄得躺著過寒假吧？」

說到這裡，長谷川從自己的錢包中取出五百元硬幣，用拇指「叮」地一聲彈了出去。

加納一把接下在空中快速翻轉的硬幣後，她說：

「即使在冬天，大量出汗還是會造成脫水……途中不要忘記補給水份啊。」

「……好啦，我走囉。」

聽了長谷川的忠告，加納點點頭就披上外套出了店門。

所有人目送其背影離去後——

「——那麼，下一個是我吧。」

2號武井抽籤，交給3號七緒。武井抽中的5號禮物是——梶浦準備的皮製書套。

「再來是『直到遊戲結束』、『和5號一起』。」

「啊～對不起喔，梶浦學姊。拿妳的禮物還拖妳下水。」

「沒辦法，遊戲嘛……」

梶浦苦笑著回答。然而她並不知道——這份從容維持不了多久。

「怎麼啦，橘？」

刃更忽然覺得七緒樣子有點怪，關心地問。

「……那個……」

只見七緒紅著臉，沒有念出籤上指令，直接拿給大家看。

「…………！」

幾分鐘後，坐在刃更正對面的梶浦的臉紅到令人同情的地步。武井抽中的指令是「脫下內衣褲」——而梶浦也要遵從這個指令。

「那個，梶浦學姊……我對不起妳。」

尷尬道歉的武井看似沒梶浦那麼害羞，是因為裙子底下還穿了短褲。儘管上面脫掉內衣、下面直接穿短褲也挺羞人的，但總比梶浦好多了，畢竟她是真的上下皆空。這有觸犯魔咒的問題，而長谷川也親自到女廁監視她們有沒有確實脫下內衣褲了，所以不會錯的。

梶浦平常都會穿黑色褲襪，然而今天偏偏是光著兩條腿來的；也就是說，遭受池魚之殃的梶浦比武井糗得多了。

「想不到去年欠的債，今年會這樣來還……」

梶浦不由得悲歎。很諷刺地，這個指令就是她去年因為害羞而拒絕照辦的那條。一般而言，她今年應該會像武井那樣在裙子下多穿褲子設防……但梶浦親身體驗過這遊戲的強力魔咒，深怕與去年同樣穿著會重演歷史。

結果，這個想法反而完全害了自己。

「學姊，指令是到遊戲結束為止……我們就趕快玩完它吧。」

「……喔，好。也對，謝謝喔，東城同學。」

刃更見到梶浦羞惱得泛起些許淚光而為她打氣，梶浦跟著用力點頭。

「那麼，下一個輪到我了……」

七緒緊張地吞吞口水，抽完籤交給刃更。禮物是武井準備的名牌巧克力禮盒，指令內容是——

「時間是『二十分鐘』，做法是『讓另一個同性來做』……所以是我吧，加納學長現在不在。」

「唔……對、對不起喔，東城同學。」

「哎喲，沒關係啦……別在意。」

時間比武井抽到的短，又是對七緒做，比較像是幫忙而不是被牽連。於是刃更翻開最後的指令籤——緊接著猛然瞪大眼睛。

「怎、怎麼了，東城同學？我該不會是抽到很慘的吧？」

「也不是……應該還好吧，我想。」

刃更支支吾吾地這麼說，將指令展示給其他人看。

第 4 章
啟程之前與妳相伴

「的確是還好而已。」「是啊，根本沒問題嘛。」「抽到輕鬆的真好耶～橘同學。」

「——為、為什麼？這樣明明很丟人啊！」

梶浦、長谷川和武井三人也立刻點頭附和，只有當事人七緒一個滿臉通紅地抗議。指令籤上寫的是——

『男生穿女裝，女生穿男裝。』

梶浦幾個的反應讓七緒不服地「唔～」了一會兒。

那是當然。自己換穿就算了，讓刃更來做就等於是先被他脫衣服再由他親手穿上女裝。兩個男性來做這種事，無論對劊子手還是受刑人來說，都是很恐怖的懲罰遊戲。

然而比起在寒冬夜裡奔跑的加納、必須不穿內衣褲直到遊戲結束的武井或被她連累的梶浦，這樣的確是輕鬆多了。

七緒從白色布袋中取出裝了女裝的紅色束口袋，抬起眼問：

「……東城同學，我不敢在這裡換，可以到廁所去嗎？」

「好、好啊……也對。」

這讓刃更心裡忽然一陣緊張，然後跟著七緒進入男廁，鎖門以免他人誤闖。

「……所以，女裝是哪種女裝啊？會很難穿嗎？」

脫是沒什麼大問題……七緒和刃更穿的同樣是男生制服；不過女裝如果是某些特殊服

裝，事情可能會變得很麻煩。

「呃，好像是我們學校的女生制服……」

七緒查看束口袋內容後鬆了口氣。

「太好了……我們的女生制服你也脫習慣了，應該沒問題吧。」

「…………這個，是沒錯啦。」

七緒說的是澪和柚希的事吧。

——經過運動會事件後，刃更和七緒都知道了彼此的身分背景。

於是，刃更將自己已不是勇者一族，以及與澪和柚希結了主從契約的事都告訴了七緒。

這是因為主從契約的詛咒在學校發動的機率並不是零，刃更覺得先對七緒做個說明比較好，以免造成不必要的誤會。

然而，被他那用那麼可愛的笑容說：「你也脫習慣了，應該沒問題吧。」感覺還是有點尷尬。

……雖然我的確是很習慣了啦。

為了在主從契約的詛咒發動時幫助澪或柚希解脫，刃更時常需要脫下她們所穿的制服

——若遇到必須在學校或自家以外的地方做的狀況，當她們深陷高潮餘韻而四肢無力時，刃更也會替她們穿衣。因此，刃更替她們穿脫女生制服的速度愈來愈快，這樣的副作用最近還

第④章
啟程之前與妳相伴

被萬理亞調侃說：

「不愧是速度型……不只是戰鬥，就連脫女生衣服也很快呢。」

一想到萬理亞當時欠揍的表情，刃更心裡就有點冒火。這時，七緒害羞忸怩地說：

「東、東城同學，這樣會拖到梶浦學姊她們的時間……我們快點吧？」

「啊……差點忘了。」

在這蠢遊戲結束之前，武井要保持沒穿胸罩、梶浦要保持沒穿胸罩內褲的狀態，七緒換好女裝後也得過二十分鐘才能脫下來。

「那、那不好意思，我要脫囉。」

「唔、嗯……」

七緒點頭同意後，刃更動手脫起了這位可愛朋友的衣服；將學生外套的釦子全部解開並脫下，接著解開腰帶，準備要直接拉下長褲。

「咦——……？」

「怎、怎麼了……哪裡不對嗎？」

七緒的驚訝反應讓刃更慌張起來。

「沒、沒什麼，我沒事……你繼續。」

而七緒只是搖搖頭催促刃更，刃更便將七緒的長褲一節一節地慢慢拉下。

「嗯…………」

在刃更眼前，七緒羞澀地扭動身體。那雙白瘦大腿交蹭的畫面造成莫大的罪惡感，讓刃更覺得自己像個罪犯。

「…………橘……腳伸出來。」「……嗯。」

七緒對紅了臉的刃更點點頭，照他的話去做。

將脫下的外套和長褲掛在隔間門上後，刃更接著要脫下七緒的襯衫，但七緒似乎是再也忍不住了，說：

「那、那個，東城同學……我想，先把裙子穿好。」

「這、這樣啊？」

刃更是以自己習慣的順序來脫，沒有想到七緒的感受。

「現在目的和幫成瀨同學和野中同學脫的時候不同，只要換衣服就行了嘛。而且……」

七緒更害羞地說：

「其實我的身體，現在……」

「！——真、真的嗎？對、對不起……！」

刃更急忙道歉。如同刃更說出了自己的生平、與澪她們結了主從契約等情事一樣，七緒也對刃更說出除了自己是吸血鬼以外另一個關於他身體的祕密；而刃更也接受了這個祕密，且為了不讓友誼變質，平常都將這件事拋在腦後，把七緒當男性看待。

……原來他是這樣才這麼害羞啊……

當刃更終於明白七緒對梶浦她們抗議的原因時——

「…………我問你喔，東城同學。如果是像我這樣的女生，你會有感覺嗎？」

七緒忽然抬起小狗般的眼睛問來。

「這、這個……不知道耶。」

刃更不禁含糊回答。假如七緒這個問題是因為單純對自己女性化的外表感到自卑，刃更一定立刻否認，還會順便訓他兩句吧。

——然而，這種話由現在這個狀態的七緒說出來，意義可是完全不同。

儘管如此——東城刃更重視的，是橘七緒這麼一個人。

「不過對我來說……哪一邊都是你啊。」

於是刃更對橘明白說出，無論他是哪種面貌，自己的想法都不會改變。

「…………嗯，謝謝。」

七緒靦腆地微微笑，說：

「可是——我還是想先把裙子穿起來。」

「啊，好……當然！」

刃更頭點個不停的樣子使七緒呵呵笑了笑，從束口袋裡取出裙子——

「咦——這個……怎、怎麼辦啊，東城同學？」

然後盯著袋子裡頭，困惑地向刃更求助。

「怎、怎麼了……什麼事啊？」

接著，七緒將塞在袋子最底下的東西拿到刃更面前。

那明顯與制服不同的物體，是成套的可愛內衣褲。

「…………………」「…………………」

見到如此講究的女裝道具，刃更和七緒你看我、我看你，一時說不出話。

「……拜託你囉，東城同學。」

最後，七緒將內衣褲交到刃更手上。

「慢著慢著慢著，這樣實在太……」

「沒關係……否則梶浦學姊、武井同學和加納學長的努力就要白費了。所以——」

七緒接著說：

「你就用你習慣的順序……把我當成女生吧。」

第④章
啟程之前與妳相伴

見到七緒強忍羞怯下定決心，東城刃更用力點個頭。

「知道了……我會盡量快點穿好，你忍一下。」

隨後，刃更一口氣加快脫速。被除去襯衫和代替內衣用的T恤後，七緒上身完全赤裸，下身只剩一條四角褲。

「啊啊……」

在他人面前完全袒露自己的胸部，讓七緒難堪得發抖。

可是七緒對刃更沒有任何抵抗；為了儘快結束遊戲，將自己完全交給刃更。於是刃更繞到七緒背後，將剛拿到的內衣套在朋友胸上、扣上背鉤，再抬起他的雙手，一口氣穿好水手服上衣。

即使七緒的胸部膨了起來，尖端又呈現出與男性明顯不同的形狀，為他穿內衣時也確實碰到了軟綿綿的東西；不過刃更暫時不想這些，專心於現在該做的事。

「————」

刃更默默將手鉤上七緒的四角褲頭——一把扯了下來。

「！————」

渾圓的臀部當場現形，讓七緒忍不住要尖叫，但他捂住嘴巴硬是忍了下來。

對於如此努力的朋友，刃更只是要他接連稍舉左右腳，褪下四角褲。由於事先繞到了背後，看不見七緒正面是什麼樣子……從上半身的變化看來，事先換位是個正確的決定。話雖如此——

「嗯……啊啊，東城同學……！」

可能是因為第一次在刃更面前暴露身體，七緒害羞得不得了；甚至像陷入催淫狀態的澪和柚希那樣，不自覺地扭起腰。

「對不起……再忍耐一下就好。」

於是刃更說句話安撫七緒，再讓他雙腳穿過女用內褲後說：

「——開始囉，橘。」

接著揪住內褲兩端一口氣拉上腰際。可是在心情焦急的影響下，內褲比預定的拉得高了不少——

「！～～～～～～」

內褲就這麼緊緊陷入胯間，讓七緒瞬時在刃更雙臂之中挺腰踮腳地一抖，全身緊繃。

「啊……哈啊……啊……♥」

然後像高潮後的女孩般虛脫，背靠刃更倒下。刃更便直接替七緒穿上裙子，拉起拉鍊勾上勾釦，在耳邊低聲說：

「對不起。我太心急，稍微粗魯了一點……你先把呼吸慢下來吧，不用急著回去。」

只見七緒神情恍惚地抬起頭——

「嗯……我沒關係，所以……東城同學，我們快點回去吧……？」

不然，這場遊戲會沒完沒了——最後，七緒用眼睛這麼說。

「這樣啊……你願意就好。」

東城刃更在點頭的同時改變了自己的想法。為了橘，也為了被迫脫下內衣褲的梶浦和武井，要專心儘快結束這場遊戲才行；如此一來，也不會發生在外頭繞圈跑的加納回來以後還要被捲入遊戲的問題。

因此——刃更以近似摟七緒腰的動作扶著他離開廁所，回到大家等著的桌邊。

「啊，他們回來了——……」

最先察覺他們的，是武井。她原本想對換上女裝的七緒說點什麼——卻張著口說不出話來；梶浦不知發生何事而回頭，也跟著倒抽一口氣，啞然無語。不知那是因為身穿女生制服的七緒太過可愛，還是因為他的表情比女人還像女人。

只有一人——長谷川仍泰然自若地舉著玻璃杯啜飲紅酒。

「——不好意思，久等了。」

刃更回到自己座位上，扶著腰讓表情仍有些許呆滯的七緒坐回與長谷川相對的另一側位子上。

第4章 啟程之前與妳相伴

「那現在是換我吧……」

然後乾脆地接連抽籤，交到下一號梶浦手上。

梶浦似乎被變了個人似的刃更嚇到，有點緊張地念出內容。時間是「十秒」，對象是「對三號做」，接著——

「呃……這裡寫『親吻』。」

「…………我知道了。」

刃更對忐忑地宣讀內容的梶浦只是短短這麼說，沒有多想，也沒有任何糾結。

現在最重要的，是結束這場遊戲。

「……可以嗎，橘？」「嗯……只要東城同學可以，我沒關係……」

身旁的七緒對刃更確切地頷首，並說：

「好了……來吧。」

七緒不只是像平常一樣可愛，還散發著明顯的媚氣往刃更靠去，刃更隨即一把抬起他的下巴——

「咦！——你、你們兩個該不會——！」

刃更沒有理會武井的尖叫，就這麼逼向七緒的唇，吻了下去。剎那間——

「嗯！——啊、呼啊啊啊啊！」

七緒忽然甜聲大叫，身體猛力一挺，顫抖不已。

——七緒能叫出聲音，是因為刃更吻的不是唇，而是脖子。

即使想儘快結束遊戲，刃更也不會憨直到嘴對嘴接吻；畢竟指令只是「親吻」，沒指定哪個地方，所以這樣應該沒問題才對。只是七緒表現出的敏感反應，讓在場所有人都一陣錯愕……經過幾近永恆的十秒後，被刃更吸住脖子的七緒朝他緩緩倒下，刃更立即扶住他瘦弱的肩問：

「！你沒事吧，橘……」

是剛換女裝的影響遺留到現在嗎。七緒對為他擔心的刃更「嗯……」地輕聲喘息，慢慢從刃更身上退開；迷濛地抬望而來的眼中，似乎閃現出微微紅光——

「……Der Meister……」

並以近在眼前的刃更都難以聽清楚的細小聲音，喃喃說了些不明所以的話。

「橘……？」

「…………沒事，別在意。對不起喔，發出怪聲害你們嚇了一跳……」

七緒擠出笑容回答，之後沒再多說什麼。

——所以，刃更是一段時間後才知道，自己的行為和七緒所說的話表示什麼。

吸血鬼是從頸部吸血並注入自己的血來支配下屬——對具有一半吸血鬼血統的橘而言，

主動露出脖子讓他人以口碰觸，是具有重大涵義的行為。

「你、你真的沒事嗎……？」「沒事……別擔心。」

七緒對表示關切的梶浦瞇眼而笑。

「來，只剩梶浦學姊了……趕快結束這場遊戲吧。」

並促請她儘快抽出最後的籤。

梶浦立華懷著緊張盯了籤箱一會兒，接著——

「…………」

偷偷地朝坐在對面的刃更和七緒瞄了一眼。

——從廁所回來後，七緒彷彿變了個人。

現在的他因指令換上女生制服，外觀確實是有很大的不同。

……可是。

儘管七緒一直都是這麼可愛——但現在明顯不是服裝的緣故。

梶浦眼中的七緒不只是換上了女裝，簡直是個真正的女孩。

另外——梶浦面前還有個氛圍與平時迥異的少年。

……東城同學……

就梶浦看來，現在的刃更較往常沉穩得多──甚至有點冰冷。說不定是要他玩這種遊戲，害他生氣了；不過──

「────」

這樣的刃更，卻迷住了梶浦立華的眼。梶浦在此時的刃更身上，見到了阻止三年級的堂上辱罵她那時的影子。

──自從那天以來，梶浦就特別注意刃更。

所以，邀刃更進學生會不單純是因為他表現優秀，還是為了確定只有做事認真可取的自己，是不是真的開始對異性動心。

「──梶浦學姊？」

刃更察覺梶浦盯著他看，不禁一問。

「！……抱、抱歉，我馬上抽。」

梶浦急忙將手伸進盒中。由於1號加納不在，籤是交給2號武井來看，禮物是加納準備的天氣瓶（註：多為密封玻璃瓶，其中的化學藥劑在不同天氣下會產生不同形狀的結晶）。接著──

「時間是『十分鐘』，做法是『讓4號來做』……」

「──又是我啊。」

「！……對、對不起。」

梶浦不禁對無奈嘆息的刃更道歉。

「沒事，學姊不要太在意……抽籤本來就是看運氣的事。」

「……嗯，謝謝。」

刃更體貼的苦笑，讓梶浦感動得幾乎掉淚——但同一時刻，她也很害怕指令會破壞她和刃更的關係，無論如何都想避免造成這種結果。

於是她決心咬牙忍耐任何指令，要盡量成為一個值得尊敬的學姊。

因此——在心中如此誓言的五分鐘後。

「呀啊！啊啊……東城同學♥嗯、嗯呼！呀——哈啊啊啊啊♥」

梶浦立華在刃更手下嘗到了女性的歡愉。

——因為梶浦抽中的指令是「讓人揉胸」。

受武井的指令牽連的她，已經脫下內衣——所以她一開始是有拒絕這個指令的意思。然而今年執行委員會上諸多不順，說不定真的就是去年自己在慶功宴上拒絕指令的結果；再說其他人都為了不禍延明年而乖乖執行了指令，梶浦也不願因為只有自己拒絕而被刃更認為是個自私任性的人。

常被同儕批評太過正經的梶浦本身沒遇過類似的事，但也曾聽說班上女生聯誼時玩過口味更重的遊戲。既然這還不算什麼……只要忍耐害羞和搔癢的感覺十分鐘就沒事了。

梶浦立華就是抱著這樣的想法接受了指令。

可是——她當然不會知道刃更擁有讓澪和柚希高潮、屈服無數次的經驗；而且很不巧的是——刃更以為自己能讓澪和柚希在快感中淪陷得那麼深，是因為催淫詛咒的關係。

事實上，長谷川即使沒受到催淫詛咒影響，也被灌注了同樣深切的快感。刃更總是期望自己能盡量更快、更有效地使澪和柚希屈服，到了今天，他已不知不覺地練就了無論對方是否受到催淫都能輕易將其墮入快感深淵的功夫——因此，梶浦一轉眼就再也無法思考。

只知道，堆在下腹的炙熱快感從害羞的部位不斷流出，以及明明沒穿內褲，雙腿卻不爭氣地在快感的誘導下慢慢張開，根本顧不得七緒、武井和長谷川三人都在看。

被刃更揉胸的梶浦，得到的就是如此不像是初體驗的驚人女性快感。

「——最後一分鐘。」

於是，在這個狀態持續了九分鐘、負責計時的七緒這麼說的同時——

「……不要！……啊啊！……哈、啊——呼啊啊啊啊啊啊啊♥」

梶浦立華劇烈地高潮了。儘管是第一次被男性揉胸，這已經是她第三次高潮。刃更的雙手老早就直接伸進制服底下直接地揉，一來是因為原本那樣會弄皺衣服，而且七緒說手在外面容易被別人看見。至於刃更問：「那該怎麼辦？」時梶浦回答了什麼，她已記不得了；刃更現在這樣直接揉捏胸部、搓揉尖端，就是她的答覆吧。

「……梶浦學姊，還有十秒。九、八——」

七緒的倒數讀秒，讓梶浦更確切地感到自己就要完成任務而如釋重負，並放下自己的矜持，作為忍耐到現在的獎勵。

「！……哈啊啊……東城同學……東城同學……！」

梶浦從左側轉頭向後，用她渙散的眼注視刃更。讓他看見這樣的臉孔雖非常羞人——但梶浦依然希望，再次將可能使自己墜入情網的人的臉龐烙入眼底，而對方就在她的背後——

「——馬上就好了，學姊。」

一聽見他的安撫——梶浦就有種至今遭受的一切都獲得報償的感覺。

「哈啊……我，也馬上就……啊——呼啊啊啊啊啊啊啊♥」

倒數到零的剎那——梶浦立華的情慾也在揉胸之中完全爆發。

4

在梶浦僅僅被刃更揉胸就高潮四次而昏厥後。

傳統的交換禮物遊戲終於輪完一週，這天的慶功宴也在這裡落幕了。

現在——東城刃更坐在計程車後座。窗外絢麗的聖誕霓虹，交織成閃亮的夢幻景象；但是——

「…………………………」

深感懊悔而陷入自我厭惡的刃更根本無心觀賞。

……啊啊，我怎麼……

竟然做了這種事，太可恥了。近年來性觀念開放到老一輩都說年輕人思想偏差，而且梶浦和武井在前兩個指令脫了內衣褲，接著自己又把七緒脫光換穿女裝，也都沒怎麼樣；梶浦抽到揉胸指令時，武井一副很淡定的樣子，而梶浦本人雖有點害羞，最後也還是答應了。因此沒有聯誼經驗的刃更，原以為那樣不會有什麼問題……結果揉胸安全上壘，讓人家高潮就被判出局，這條界線是怎麼畫的啊？對於依然沒交到能夠一同出遊的男性朋友、平常沒事就因為主從契約而使澪和柚希屈服、價值觀被萬理亞一天天地改造得愈來愈接近夢魔版本的刃更而言，縱然最近好不容易在班上脫離孤立狀態，但要判斷異性交遊純不純的界線還是太難了嗎。在這之前，刃更對自己和澪跟柚希的關係還抱著淡淡的期待……告訴自己那說不定還算普通呢。話說回來——

……害橘也傷腦筋了。

第4章
啟程之前與妳相伴

與刃更同樣毫無聯誼經驗的七緒，也因為還沒從才剛被刃更脫光換女裝那樣羞人的事平復過來，判別不了適當界線在哪裡。所以刃更停止揉梶浦的胸後，七緒發覺店裡氣氛冷得非常尷尬，就用他半吸血鬼的魔眼改造了梶浦幾個和店員的記憶。當然，操弄人的記憶本來就是種能不做就不做的事，所以只做了最低限度的改變，讓他們記得揉過胸，不記得梶浦因此高潮。

因此刃更雖然後悔莫及，但至少是保住了梶浦的名譽。

大夥兒待到加納跑馬拉松回來時結帳離店，互相預祝新年、相約新學期再見後，武井攔計程車送梶浦回家，七緒跟加納也一塊兒走了，所以當前問題只剩——

「老師……我又不會跳車，可以放開我了吧？」

「——不要。」

刃更的請求惹來了鬧脾氣的拒絕。坐在一旁頭靠刃更右肩、勾著他的手不放的，就是那美得過火的保健室老師。

現在，刃更和長谷川共搭一輛計程車。與學生會成員道別後——刃更為長谷川攔了計程車，但人還來不及送走就被上了後座的長谷川抓住手強行拖進車裡；驚慌之中，長谷川已經請司機發車了。

——上計程車後，長谷川發了一陣子悶氣。刃更試著安撫，長谷川便向他撒嬌討禮物。

刃更在換禮遊戲時忘了抽禮物，又沒被梶浦抽走，導致只剩下他準備的沒發出去；後來他和梶浦又發生那樣的事，刃更只好默默自己帶回去，長谷川討的就是這個禮物。收了禮物後，長谷川總算是開心了點……不過她就這麼緊緊纏著刃更的手，說什麼也不放。若只是這樣倒還好，她還非常刻意地將那對幾乎快從禮服掉出來的豐乳不停往刃更身上擠了又擠。

「我知道你和成瀨跟野中同居……在我看不到的地方，你要跟誰做什麼我都不管；在其他教職員和學生面前，我也會謹守教師的立場。可是——」

長谷川抬起濕濡的眼看來，說：

「你當著我的面那樣捏梶浦的胸部，就像故意捏給我看一樣……很壞耶。」

「！……沒有啦，遊戲就那樣規定，沒辦……——？」

即使刃更被她擋不住的陣陣體香和成人魅力燻得理性搖搖欲墜，仍試圖說服長谷川別多心；但話說到一半，全身就不禁緊繃起來。因為長谷川將唇貼近他的側腦，銜住了耳垂。

「喂……老師，不好啦。」

這裡是計程車上，且刃更身穿制服又稱呼長谷川「老師」；雖然駕駛座上的司機什麼也沒說，不過車內空間就這麼大，一定全都聽見了。就目前而言，還能推說是長谷川喝醉了；若再進一步下去，難保司機不會通報學校。於是刃更急忙抓住長谷川的雙肩擋下她，只見她呵呵笑了笑——

第4章 啟程之前與妳相伴

「我知道……回家再繼續。」

用只有刃更聽得見的音量輕輕耳語。

——現在，東城刃更和長谷川千里兩人有著不可告人的關係。

在保健室幫長谷川脫下卡死的泳裝那天，刃更不僅受邀到她家吃她親手下廚的菜，還像她平時接受學生商談戀愛問題一樣同意她的要求，協助她體驗男女之間的各種行為，最後演變成與她共浴。

長谷川毫不設防地用她豐滿的雙峰替刃更洗背，洗到刃更的理性都瓦解了——讓他也主動對她洩慾。

兩人沒有跨過最後底線，但還是全身赤裸地恣意纏綿；長谷川在刃更對胸臀的攻勢下一再高潮，而刃更雖中途失去意識，但還是在長谷川的胸上達到最後階段。不過他們雖有過這樣的關係，刃更仍曾聽信坂崎的讒言，在運動會結束前都與長谷川保持警戒距離。待事情平安解決，刃更放學後來到保健室——為自己刻意閃躲向長谷川道歉，長谷川也接受了，只是有附帶條件。

——那就是，讓他們關係進展得更為特別。

不知是由於女性直覺，還是保健室老師閱生無數的關係——長谷川看出刃更一直很努力地忍耐，不讓自己對澪和柚希拋開理性，跨過最後底線；便以此要求刃更拿她代替澪和柚希，替刃更紓壓。

長谷川的提議簡直是單方面讓刃更占盡便宜，有點可怕，也對澪和柚希是種背叛，所以還是拒絕為上。刃更原是這麼想，可是長谷川忽然纏抱上來——

『被你弄過以後，我就一直很怪很怪……』

兩眼潤濕地對刃更表白。自從與刃更在浴室相互取樂的那天起，長谷川感到自己體內彷彿有種線路被接通，此後滿腦子全是刃更；雖明知有師生關係卻怎麼也壓抑不了，讓她一天比一天痛苦。

『……救救我嘛，東城。』

一聽長谷川這麼央求——「拒絕」的選項就再也不存在於刃更心中。

刃更會幫助澪和萬理亞，是因為不願見死不救。若只救她們而棄長谷川於不顧，根本說不過去。

而且，長谷川的建言至今幫助了刃更許多次。在東城刃更心中，長谷川千里這個女性已經占了相當重要的一部分。因此聽見長谷川求救，刃更沒有答應以外的選擇。

——因此，刃更答應了長谷川的要求，只是有些條件。

第一，為了保持兩人的師生立場，這關係必須徹底保密；第二，是不能跨過最後底線。

事到如今，刃更也不再多想怎麼能避免背叛澪和柚希之類兩全其美的辦法。

與長谷川發生關係時，刃更就已經背叛她們了。然而儘管如此，刃更仍在自己與長谷川畫下絕不可跨越的底線，是因為長谷川對刃更的感情，可能是來自於他是長谷川初嘗女性歡愉的對象所產生的錯覺。

結了主從契約的澪和柚希，也可能發生了同樣的現象。所以刃更盡力不讓他們現在的狀況演變成戀愛關係；就算那樣的情愫只是她們的錯覺——刃更也不想見到她們因此受傷。

只要雙方都能為了彼此遵守這兩個條件，刃更就同意盡可能地滿足長谷川的欲求。再說——被長谷川這麼魅力絕倫的女性使出熟女的渾身解數求愛，自己終究一定是無法抗拒。

長谷川立刻開心地笑著答應了刃更的條件，積極索吻。

於是在四唇交疊、兩舌深纏後——刃更和長谷川就這麼在兩人獨處、門鎖簾閉的保健室裡，不厭其煩地一再確認彼此的性別。

——從那天起，東城刃更和長谷川的祕密關係正式開始。

5

計程車抵達長谷川的公寓，是在八點半剛過不久。

長谷川付完車資，東城刃更就跟著她進入門廳。

穿著高跟鞋的她，美形的臀部嫵媚地左搖右晃。

「…………！」

自己馬上就要對那樣的屁股——從自己興奮到陷入這種想法，刃更感到理性的箍套正逐漸鬆脫。

——兩人獨處時，長谷川總是連求帶哄地要刃更盡量向她撒嬌。

儘管澪和柚希在催淫詛咒發動時也十分誘人，但讓她們屈服時，仍能勉勉強強看出應該結束在什麼時候。

可是——刃更只有第一次與長谷川共浴時能夠如此，後來在長谷川的誘惑下愈來愈無法自持，開始向她要求更多，更別提長谷川還會主動做些刃更不敢要求澪和柚希做的事了。所以雖然在催淫狀態的澪或柚希面前還能堅守理性，但換作長谷川——

……唔，一定要小心一點……

如武井所言，原已美若天仙的長谷川和刃更發生關係以來，魅力更是加速增長。若就此放身沉醉在長谷川的大姊姊甜蜜懷抱裡，刃更肯定會再也離不開她。

這時——以鑰匙卡穿過兩扇設了電子鎖的門後，身旁的長谷川在電梯間按下上樓鈕，抬頭看著電梯位置的燈號問：

第4章
啟程之前與妳相伴

「……今晚你大概能待多久？」

——長谷川的公寓到東城家，搭電車加步行需要將近一個小時。不過搭計程車只需三十分鐘。所以只要在十一點離開這裡，在露綺亞抵達的午夜零時前到家應該是沒有問題。話雖如此——

「大概……兩小時吧。」

「…………這樣啊。」

為避免被慾望衝昏頭，刃更抓的時間還要更短。

在長谷川如此低語時，電梯伴著尖銳電子音效開了門。

刃更先一步進電梯，往樓層面板前移動。

但隨後進來的長谷川卻將手伸進刃更和面板之間，按下最頂樓就撲進他懷裡般抱了上來——提包都還沒掉到地上，東城刃更已被濃烈的激吻堵住了嘴。

甚至被強勢推進電梯底側，整個背都貼了上去。

「嗯！——老、老師……？」

事情發生得太快，刃更沒有機會按下關門鈕，電梯門依然敞開。刃更只好抓住長谷川雙肩，好不容易才把嘴退開，對長谷川為何急成這樣表示疑問。

「……只有兩個小時，你還要等進門再開始嗎？」

長谷川眼中淫慾橫流地抬頭看來。

「東城，我也是會吃醋的人喔……希望你以後記得這件事。」

「！……這是……」

在貼身距離被這勾魂眼神一盯，使刃更不禁倒抽一口氣。

「──在回家以前，我要把你腦袋裡的其他女人都趕出去。」

長谷川面帶蠱媚的笑，抓住刃更的右手腕拉到自己胸上。

為了穿這件胸前敞開的禮服，長谷川沒穿胸罩──因此，當刃更一直接摸上那幾乎要從領口彈出的乳房──

……啊……就發現長谷川的胸部尖端已經又脹又挺。

光是想像刃更將會做的事，就讓她興奮到這種地步。

已經多久了──她該不會在計程車上都是這樣吧？

「………東城。」

長谷川背著緩緩閉合的電梯門，漾起妖豔得驚人的醺醉微笑呼喚刃更，強烈表達自己已處在性亢奮的狀態下，以及對他的需求──電梯開始上升時，安撫長谷川的念頭已從刃更腦中消失殆盡。

「────！」

東城刃更立刻將嘴硬湊上長谷川的唇伸舌攪動，同時左手用力摟來長谷川的腰，右手抓住她的胸狂捏猛揉。

「嗯嗯！東城……嗯啾、嗯呼……咕啾……啊啊……哈啊啊♥」

長谷川樂得扭腰擺臀，媚叫著雙手摟住刃更的頸子，更進一步地索討——刃更也不負期望，摟腰的左手向下一降就揉起她的臀肉。

這時電梯中途停下，門扉慢慢滑開——

「——————」

按停電梯的女子瞪著刃更他們，傻在門口。看她一身簡便的居家打扮，不是要去其他樓層串門子就是要回自己家吧。長谷川暫且停下嘴上動作，抱著刃更對那呆若木雞的女子悠然地說：

「……能請妳搭下一趟嗎？」

而電梯也在女子做出任何反應前關上了門，刃更和長谷川就此繼續親熱。

這次，電梯不再中途停下。

但即使到達最頂層開了門，長谷川還是不願放開刃更；刃更只好低手一晃，撈起落在地上的提包、順勢將長谷川橫抱起來離開電梯。

這樣的動作扯開了長谷川的禮服，使右胸彈晃晃地滾了出來。

現在兩隻手都忙著──刃更只好用自己的臉遮了。他將頭湊向長谷川的右乳，比先前更鼓脹、彷彿渴求著些什麼的粉紅色尖端跟著進入眼前──於是刃更一張口，將長谷川的乳頭整個吸進嘴裡。

「！──哈啊啊啊啊♥」

被刃更抱在半空中的長谷川柔媚一扭，摟著脖子的手更加用力地讓刃更貼得更緊。在這樣的狀態下，刃更只能一面吸著長谷川的乳頭，一面穿過走廊往她家門前進。

到了門前，刃更鬆口放她下來說：

「──老師，鑰匙。」

胸部被愛撫得神色弛蕩的長谷川跟著取下掛在刃更手上的提包，拿出鑰匙卡開門。一進門，兩人又迫不及待地激吻──粗魯地在玄關甩下鞋子進屋裡去，長谷川的提包和手套、刃更的外套都在走廊丟了一地。

「嗯……今天到房間去吧。」

刃更順應了長谷川在換氣途中的要求，打開不曾開過的臥房門，踏入她的香閨──接著連拖帶抱地來到床邊放下長谷川。只見側臥在床的長谷川隨即扯開禮服胸口大展雙乳、撩起裙襬粗猥地暴露豐臀──

「來吧，東城……今天我要在這裡好好疼愛你。」

第4章
啟程之前與妳相伴

並嫣嫣地勾起唇角兩端誘惑刃更。於是刃更也跟著上了床，正式與長谷川脫起彼此的衣物。

要脫長谷川是簡單得很。只要拉開背後的繩結，禮服剎那間就成了一塊普通的布——除去禮服後，刃更總算見到了她今天的內衣。

那是只包到胸部下緣，類似性感馬甲的束腰。

「這是我配合今天的禮服……特別為你買的喲？」

長谷川脫下刃更的襯衫和底下T恤之餘微笑說道。

那件禮服和那麼煽情的馬甲，原來都是為了我穿的……一這麼想，刃更的亢奮又更進一步；為他解開腰帶脫下長褲的長谷川，也很快就注意到了刃更的變化。

「我這個樣子，讓你興奮成這樣啦……」

長谷川抬望而來的雙眼，已完全浸淫在慾望之中。

「……我好高興喔。」

一脫去刃更的長褲——長谷川就理所當然似的雙手托起乳房，將刃更脹大的私處夾進她深深的乳溝，淫褻地左右交蹭、上下錯動。

「唔……啊……！」

「嗯……啊啊嗯！呼呼，我技術變好了吧？」

聽見刃更的快感強烈得讓他叫出聲來，用乳房為他服務的長谷川也開始專心享受胸部傳來的刺激。

「把我變成這麼淫蕩的女人……把大姊姊調教成這個樣子的感覺怎麼樣啊？」

並帶著被肉慾沖得恍惚的眼，戲謔地微笑著說。

「！……這不是我、一個人的錯吧……？」

畢竟這關係是在長谷川要求下開始的。無法接受這種說法而抗議的刃更，伸手輕撫長谷川的頭。那是兩人之間的暗號。

「要我做這種事的人……還敢說這種話。」

長谷川呵呵笑了笑，不只用乳房，還用起嘴服侍刃更。

她愉悅地吸含吞吐，細緻地以舌頭抹上唾液，讓刃更的陽物變得更大更硬——長谷川現在這副從剛開始的她完全想像不到的淫樣，使得興奮得難以自持的刃更快感驟然暴漲。

「呵呵……還不行喔。」

就在刃更要在長谷川口中爆發時，長谷川鬆開了嘴，就這麼平躺下來。她要做什麼？

——才這麼想，長谷川就將食指插進那巨乳堆出的乳溝間滑呀滑地說：

「……今天晚上，想不想狠下心來摧殘一下大姊姊呀？」

並不當一回事地說出勾動刃更本能的話。

「你都是體貼我，順我想要的來做……從來沒做過你自己想做的事吧？只有第一次在浴室那時候稍微主動一點點而已。」

「！……這個……可是我……」

長谷川所說的的確是事實。刃更不那麼做，是因為不願傷害長谷川。若男性放任自身本能對女性任意玩弄，一定會使對方受傷。

自始至今，刃更都不想做任何會傷害長谷川的事，然而——

「東城……我也很想為自己能夠讓你亂來驕傲一下，你就來嘛？」

長谷川卻如此勸誘刃更——帶著女神般包容一切罪惡的微笑，說出溫柔地扼殺他理性的話。

「偶爾粗魯一點沒關係……讓我看看你大男人的一面吧。」

「————」

於是刃更跨上長谷川的胸腹之間，將自己的分身插進她的乳間；再從旁將兩乳向內擠到不留一點空隙，慢慢抽送起來。

——進行的，是強行將長谷川的乳房當成嘴涮弄的口交。

刃更每一擺腰，長谷川的胸部就猥褻地搖動，同時——

「呀啊！哈啊……呼嗚！東城……哈啊、呼啊啊……哈啊啊啊♥」

乳房被刃更蹂躪的快感，使長谷川在前所未有的歡愉中不斷發顫。

……那個長谷川老師……！

那個比誰都更美更剛強的女性，竟因為被自己摧殘胸部而樂成這副德性——這樣的事實，已十分足以激奮刃更。

「————！」

將快感壓抑到爆發前一刻的刃更，第一次以自己的方式，直接在長谷川胸上解放自己的精液。

6

長谷川千里感到自己胸間的刃更的陽物傳來火熱的脈動。

猛烈噴濺的精液，將長谷川的乳溝染成一片乳白。

「呵呵……好多喔……」

長谷川陶醉地笑著這麼說時，刃更緩緩退開他的腰——長谷川也看著那東西從自己胸間滋滋滋地抽了出來，垂掛著混同他的精液和長谷川的唾液的液體。

第4章
啟程之前與妳相伴

「我馬上幫你清乾淨……」

於是長谷川坐起身，用舌頭舔去刃更快樂的渣滓。

「…………」

途中，刃更手伸了過來，揉起她的胸。

「嗯啾……哎喲，調皮耶你……呼啊啊……啾噗……」

而且，手指還捏著乳頭逗弄起來。長谷川仔細用舌頭將嘴裡的物體擦拭乾淨，放任刃更將她的乳房揉成各種猥褻的形狀，同時——

……他愈來愈愛欺負人了呢。

長谷川千里感到刃更確實有所變化。

——長谷川會如此寵愛刃更，是為了給他不求回報的愛。

當然，她並不否認自己對刃更動了真情。

會要求刃更與她發生不可告人的關係，也是將刃更當作異性的結果。

然而——會這麼誘惑刃更，目的是增強他的力量。

平時的刃更，常有過度壓抑自己的傾向，而那應該是為了抑制其體內布倫希爾德的凶性。

對戰坂崎而身負致命傷時，布倫希爾德主動顯化並失控，可以證明這一點。

當時，刃更的戰鬥力突然暴增，連續使出「無次元的執行」。

那是魔劍布倫希爾德和刃更發揮其原有力量的結果。

……而且。

刃更需要那樣的力量，才能在魔界的戰鬥中活到最後。

——長谷川知道，刃更離去之後就要前往魔界。

在餐廳提供的建議，也是為此而做。

就像柚希獲得了靈刀「咲耶」的認同，刃更也需要拿出自己和布倫希爾德的真正實力；否則與現任魔王派戰鬥，很容易要了他的命。

因為刃更等人要面對的，就是那麼強大的對手。

……我絕對不會讓你白白送死。

多年前，長谷川千里痛失了在她心目中如姊姊般重要的女性；所以她下定決心，無論如何都要守護那名女性所託付的刃更——只有這點絕不讓步。

所以長谷川想藉由幫助刃更拋開理性以加強他的獸性，讓他更容易與凶暴的布倫希爾德同步，引導他在保有意識的狀態下使出潛藏的力量。刃更可能也注意到，與長谷川發生關係這一個月來，自己與布倫希爾德的同步程度出現大幅進展。

最理想的狀況，是讓他達到能使出壓勝坂崎時的力量。目前他的能力在短時間內確實有所成長，甚至練出了新招式；日後若能在戰鬥中找到一點提示，相信他一定能脫胎換骨。

「啾……啾嗯、嗯呼……啾噗……你看，乾淨多了吧。」

長谷川鬆口時，刃更那裏上唾液而淫光閃閃的陽物，再度炙熱地鼓脹起來。

「……老師……！」

刃更低垂看來的眼中，散發出令人發麻的男性氣勢。

……居然擺出那種臉……

「還很有精神嘛……那就來這邊吧。」

濕聲套弄刃更陽物的長谷川，被平時的刃更所難以想像的威武雄風一掃，露出妖豔的微笑。

為了更進一步地提昇增強刃更的可能性。

東城刃更在長谷川的牽引下下了床，兩人往窗邊移動。長谷川右手拄在一整面牆的落地窗上，回頭對刃更說：

「這次用這裡……」

接著對刃更撩人地翹起屁股……做出難以置信的事。她將左手拇指——伸進內褲股間部位，向下拉出一條縫。

「！——」

這讓刃更看得抽了口氣。

由於不是橫扯，看不見長谷川的女性象徵；然而用這種姿勢回眸微笑的長谷川，卻呈現出刃更從未見過的淫騷風貌。

「我沒有忘記我們的約定……可是只用內褲裡面應該沒關係吧？」

所以你就插到我內褲裡來，用背後位做——

「……………」

一聽長谷川如此請求，刃更就像被吸過去似的站到長谷川的正後方。無論窗外的街燈夜景再絢麗，他也完全看不見——因為更美的東西就在他眼前。

聖誕節的夜晚，長谷川的胴體浮現在滿窗斜照的蒼白月光下，美得宛如女神……從她手指勾出的縫中，底下的嘴所溢出的蜜液滴流不已，月光照得大腿內側一片濕亮。那裡……無疑是刃更能夠放膽插入的女性祕口。

所以刃更左手扶住長谷川的腰，右手調整自己的位置——朝那淫張的洞口緩緩挺進。

裡頭雖然極為狹窄，但只要前頭一過，再來就是長驅直入。刃更挺腰往更深處推擠，那濕熱黏滑的縫隙也如同真正的女性器官般緊密地絞纏刃更。

「！……啊……」

在使人腰腿發軟的感覺中，刃更直衝到底的腰自然地撞上長谷川的豐臀。剎那間——

「！……啊……哈啊啊啊……♥」

長谷川樂不可支地扭腰淫叫。映在窗上的臉恍惚痴醉，顯露出比過去任何一刻都更為滿足的表情。

「唔……啊啊啊！」

於是，東城刃更雙手用力抓住長谷川的腰，猛然反覆推送起來。

「哈啊！嗯！……東城……♥啊！哈啊——呼啊啊啊啊！」

長谷川也起了敏感的反應，披散及腰的長長黑髮，為自己生為女性的喜悅放聲大叫。為了聽長谷川再多叫幾聲，刃更腰向前一頂，在她白嫩的臀肉上接連撞出淫褻的波浪，震得長谷川更為狂亂——兩人的接觸部位一轉眼就磨出團團白泡，啾噗啾噗地濕聲大作。

「呀啊！啊啊……東城，你的那個……一直……！」

長谷川沉醉的呻吟使刃更看向眼前的玻璃窗，窗上鮮明映出兩人縱情享樂的模樣——刃更的劇烈抽插，讓長谷川的巨乳在窗上擠壓變形，內褲也完全隆起成刃更的形狀。

——但是，這景象帶給刃更的不是興奮，而是一項事實。

由於長谷川內褲底下濕得一塌糊塗，沒發現從內褲襠口斜插的角度有所偏差，沒碰到長谷川的正中部位——她最敏感的地方。

這使得刃更不禁停下動作，「咕嚕」地吞吞口水。

「嗯嗚……東城……？」

長谷川表情難受地回頭看來，那張臉就像完全沒想像過刃更察覺的事實一樣。因此，東城刃更更想見識見識——當長谷川嘗到更激烈的女性快感時，會變成什麼樣。

「…………」

所以刃更調整角度，試探性地朝目標輕輕一頂。霎時間——

「呀——呼啊啊啊啊啊啊啊啊啊啊啊啊啊啊啊啊啊——♥」

長谷川猛然反仰，叫得連落地窗都震動起來，同時有種溫熱的液體一下子灌滿了整條內褲。

……這、這難道是……

從到那超乎想像的反應，以及自己深入那之中的物體所感到的濕熱，刃更明白了這是怎麼回事。敏感部位遭到摩擦而瘋狂高潮的長谷川，迸射出了女性的泉露。

快感使得長谷川全身充血，染成粉櫻色。那樣的軀體在蒼白月光下劇烈高潮的模樣，實在是豔麗絕倫。

「————」

目睹這樣的長谷川，刃更心中彷彿有一部分完全爆裂。

「！……啊……啊啊……哈啊、嗯……啊……！」

層次與以往全然不同的高潮，讓長谷川不由自主地吐出沾滿情慾的銷魂呻吟，腰腿完全失去力氣，貼著玻璃窗往下滑去；刃更抓著腰的手隨即溜過腹脇向上挪移，大把抓住雙乳接住了她。

「！——哈啊啊啊啊♥」

劇烈高潮餘韻未消的長谷川被這麼一抓，又輕微地高潮了一次。

——平時的刃更，應該會就此收手吧。

為了不傷害長谷川——可是，現在的他並不是平時的他。

所以刃更沒有停下。他將長谷川的乳房抓得溢出指縫之間，在粗暴搓揉的同時再度猛力抽送。

「呀啊啊！……東城、不要……東城——啊啊啊啊啊♥」

長谷川的快感立刻被第三次推上頂峰，而刃更還是沒有放過她。

每一攻擊那部位就不可思議地高潮連連的長谷川是那麼地美——看得刃更渾身激昂，為長谷川灌注一次又一次的高潮。

——因此，刃更也記不清雙方究竟去了幾次。

只知道長谷川已經習慣於高潮狀態——

「哈啊……東城、東城……♥」

甚至可以配合他的動作，自己也淫蕩地擺起腰來。

只要角度稍有偏差就會真的合而為一的危險，讓刃更和長谷川愈來愈亢奮——還能依稀記得，激劇高潮的長谷川又一次噴出了女性的泉露，自己也就此一洩而盡。

最後，長谷川的頭髮好像發出了金色的光芒——會是幻覺嗎？

7

在窗邊與刃更以極為近乎性交的方式交歡後，過了十分鐘。

和高潮到昏過去的刃更一起貼著玻璃倒在地上的長谷川，終於恢復到能夠挪動四肢的地步。

「……沒想到，竟然會連人形都維持不了。」

在曾以十神之一君臨天界頂點的——阿芙蕾亞的姿態下，長谷川千里苦笑著說。雖然和刃更做這種事，總會讓她的情慾漲得難以想像地高，卻沒想過會受到強烈得甚至能消解高等封印的女性歡愉；另外封印的消解，還連帶消滅了之前都穿在身上的內衣。

「真是的……虧刃更很喜歡那套的說。」

平時保有意識時，是絕對不會犯下這種失誤的——刃更難得射了七次，沒有把握時間好好品嘗那股餘韻，實在太可惜了。

「呵呵……這次就算了。」

畢竟刃更是第一次將理性拋得那麼徹底。對於希望增進布倫希爾德的同步率以提昇刃更戰力的長谷川而言，是個可喜的失誤。再說——

「那也表示你就是這麼想要我嘛……」

長谷川微微笑，與鼻息陣陣地倒在她背上的刃更一起進行短距傳送，來到床上——棉被底下。

接著腳勾起刃更的腳，手溫柔地擁抱他的頭，將他的臉埋入自己的胸部，再以念力操作提包中的手機。

「——我要叫一輛計程車。」

電話一接通，長谷川就將聲音傳送到提包之中，為刃更準備回家的交通工具。抵達的時間，當然是定在刃更之前所說的他必須離開的時間前不久。

但算一算，兩人還是能再相處一個鐘頭有餘。所以長谷川打算就這麼多躺一會兒，等到最後三十分鐘再叫醒刃更，一起沖個澡。

第4章
啟程之前與妳相伴

「一定要在那之前恢復原來的樣子呢……」

當她苦笑著這麼說時——聽見了不敢相信的聲音。

熟睡的刃更，在長谷川的懷抱下微微挪動貼著她胸部的嘴——

「……長谷川……老師……」

夢囈了她的名字。東城刃更接下來就要前往魔界，可是他念的不是成瀨澪、野中柚希或成瀨萬理亞，而是下意識地呼喚著長谷川。

「——————」

這個事實讓長谷川心裡一陣激動，有那麼一瞬間無法自持。即使受了限制，一旦解放她現在十神的全部力量，依然能夠輕易地延遲這個低階次元世界的時間；若範圍只限於這個房間，還能將剩下的一小時延成無限久遠。只要隨時恢復刃更的體力和精神力，不僅能像剛才那樣再來一遍，就連真正的男女交合都能半永久地延續下去。

——但是，她不能那麼做。

要那麼做，就必須在刃更面前展現這副模樣——而長谷川還不能向刃更表明她的真實身分。當然，就算刃更知道她是神族也一定會接受她，問題是——

「……醒來以後，你應該會想回到成瀨澪她們那邊吧。」

那不是因為刃更會選擇澪她們——是為了幫助身為前任魔王的獨生女、繼承了其血統與力量的澪，脫離那殘酷的宿命。

於是長谷川轉身趴到刃更身上，親吻他的唇。

——刃更的身體跟著發出淡淡的金色光暈。長谷川正藉由彼此的嘴輸送力量，恢復刃更的體力。不能讓刃更在不夠萬全的狀態下前往魔界，畢竟長谷川與刃更發生關係，就是為了不讓刃更在即將面臨的魔界死鬥中輕易喪命。

「等到你闖過那些難關，再回來征服我吧……下次要做一整晚喔。」

待刃更體力完全恢復後，長谷川退開嘴微笑著這麼說，接著再吻上他的唇——這次過去的，是她的舌頭和唾液。

「啊啊……嗯、啾……呼、咧啾……嗯唔……啾噗……咧嚕、嗯啾……」

那不是為了恢復體力，單純只是表達愛意的熱吻。

——距離必須叫醒刃更，還有三十分鐘時間。

在那之前，長谷川注視著刃更的睡臉，度過了一段幸福的時光。

她悄悄地倚在刃更身上——就像暫時交換立場，向刃更撒嬌一樣。

後記

已經讀完本書的讀者，以及從這裡翻閱的讀者大家好，感謝各位閱讀本書，我是上栖綴人。

首先從動畫版的話題開始聊起。相信很多人已經從書腰和日前舉辦的夏季漫畫即售會知道了部分消息，那就是動畫版會在電視上播映喔！動畫版的網站已經架設起來了，目前已公布了製作團隊陣容，日後聲優和播送期間等相關資訊也會慢慢解禁，敬請期待！

接著是關於本書的一點內容，這本以短篇集形式構成的第六集，其實是特寫前五集各個女角色的小故事（服務讀者取向）。第一章「澪&柚希篇」是發生在二、三集之間；第二章「萬理亞篇」是第三集第二章中間；第三章「胡桃&潔絲特篇」是第五集第三、四章之間；第四章「橘&長谷川篇」是第四集和第五集之間。基本上都是照時序排列，只有「橘&長谷川篇」刻意挪到最後。由於這一集的封面女郎到底還是胡桃，所以她占了最多頁數；不過第四集最後那段讓長谷川的人氣飆到嚇死人……於是為了保險起見，我從大綱階段就是這樣排序，看來是正確的選擇。畢竟就各方面而言，長谷川這次還是猛到不行嘛；再說就像第五集那樣，她在魔界篇很難出場，所以這樣應該沒關係吧。接下來的第七集，終於要承接第五集的劇情——繼續把魔界篇寫下去，煩請各位再耐心稍等一陣子。

再來，我這集也要向本作所有相關人員表達我的謝意。負責插畫的Nitroplus的大熊老師，感謝你每次都畫出那麼精采的插圖！長谷川的破壞力實在太可怕啦！みやこ老師，感謝你為每月連載及目前單行本第三集這麼努力！最近啊，有一些我根本望塵莫及的人氣作家，說很羨慕我有みやこ老師幫我畫漫畫版耶！木曾老師，感謝你每個月的連載！單行本第一集差不多要上市了呢，我一定會耐心等待的！還有動畫版的諸多工作人員，相信製作這部動畫時一定會有很多傷腦筋的地方，請多多指教！最後，責任編輯、各界關係人士、各地書店業者以及購買本書的讀者，這次也非常感謝各位的照顧。本作能成為讀者一集比一集多的作品，全都是有各位在的緣故。未來的日子，還請各位多多關照。

那麼，我們下集再見～

上栖綴人

賀！
第6集上市
恭喜恭喜！
要做成動畫囉！

插畫後記
感謝各位購買
新妹魔王
第6集！
「腋下」感度大家
都說讚的胡桃妹妹…
其實在我大熊心目中
是設定為「緊身褲」
專用角色喔…
今天的我也會
夢想著把鼻子埋進
濕濕熱熱的緊身褲
用力聞的故事，
努力活下去的！
<(´ω`)>

Kadokawa Light Novels

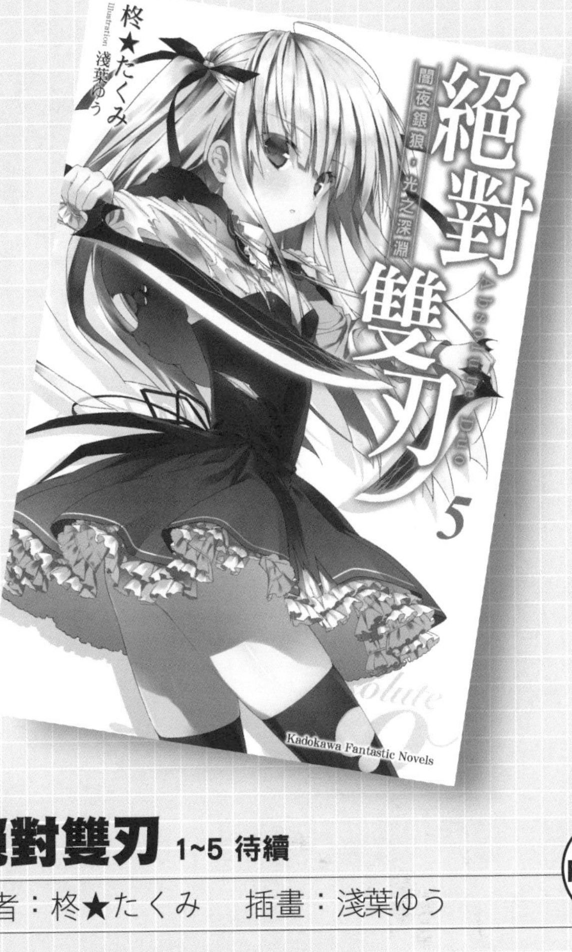

©Takumi Hiiragiboshi 2014

柊★たくみ
Illustration 淺葉ゆう
絕對雙刃
闇夜銀狼・光之深淵
Absolute Duo
5
Kadokawa Fantastic Novels

絕對雙刃 1~5 待續

作者：柊★たくみ　插畫：淺葉ゆう

銀狼咆哮的聲音在闇夜中響起！
本集將揭露茱莉不為人知的祕密！

暑假來臨前，「Ｋ」帶著最後的祕密武器「死化羽」，來到暫時獲得喘息的我們身邊，對學園展開襲擊。面對那絕大的力量，我和茱莉被迫陷入苦戰。戰鬥中，目睹我負傷的茱莉，體內蘊藏的力量爆發失控……？學園戰鬥小說第五彈來襲！

各 **NT$180~200/HK$50~60**

台灣角川

Kadokawa Light Novels

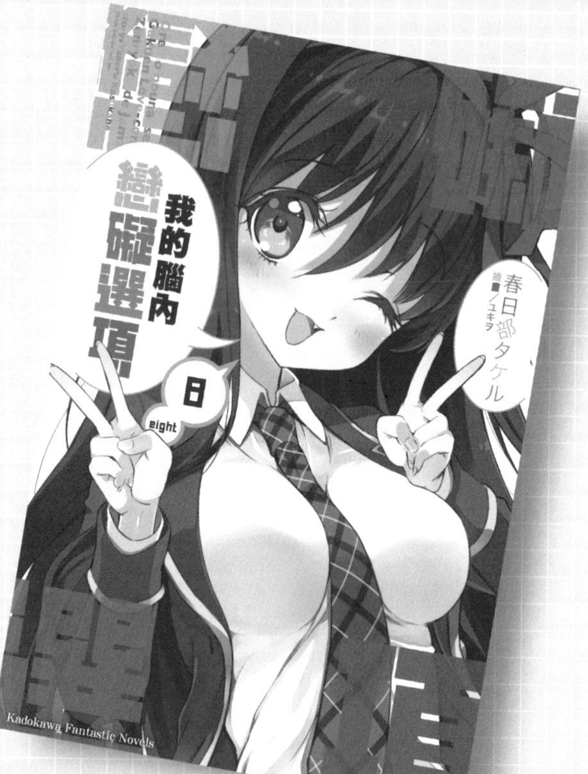

©2014 Takeru Kasukabe, Yukiwo

我的腦內戀礙選項 1~8 待續

作者：春日部タケル　插畫：ユキヲ

怎麼回事？裘可拉性格一百八十度大轉變！
對愛情遲鈍的呆頭鵝甘草竟有了觸電的感覺？

排名戰後，惡劣模式全開的選項繼續惡整榮升「黑霸」（笑）的甘草奏。期間，昏倒的裘可拉雖安然清醒，但一開口就是：「少裝得一副跟我很熟的樣子，死狗。」我咧小姐妳哪位！然而禍不單行，新任務【在運動會搞偷拍（暫稱）】又趁亂偷襲！

各 **NT$180~200/HK$50~60**

台灣角川

國家圖書館出版品預行編目(CIP)資料

新妹魔王的契約者 / 上栖綴人作 ; 莊湘萍, 吳松諺譯. -- 初版. -- 臺北市 : 臺灣角川, 2014.02-
冊 ;　公分
譯自 : 新妹魔王の契約者
ISBN 978-986-325-793-6(第2冊 : 平裝). --
ISBN 978-986-325-891-9(第3冊 : 平裝). --
ISBN 978-986-366-049-1(第4冊 : 平裝). --
ISBN 978-986-366-178-8(第5冊 : 平裝). --
ISBN 978-986-366-308-9(第6冊 : 平裝)

861.57　　　　102026372

Kadokawa Fantastic Novels

新妹魔王的契約者 6

（原著名：新妹魔王の契約者 VI）

2015年2月10日 初版第1刷發行
2022年3月18日 初版第3刷發行

作　者：上栖綴人
插　畫：大熊猫介
譯　者：吳松諺

發行人：岩崎剛人
總編輯：蔡佩芬
編　輯：黎夢萍
美術設計：黃永漢
印　務：李明修（主任）、張加恩（主任）、張凱棋

發行所：台灣角川股份有限公司
地　址：104台北市中山區松江路223號3樓
電　話：（02）2515-3000
傳　真：（02）2515-0033
網　址：www.kadokawa.com.tw
劃撥帳戶：台灣角川股份有限公司
劃撥帳號：19487412
法律顧問：有澤法律事務所
製　版：巨茂科技印刷有限公司
ISBN：978-986-366-308-9

※版權所有，未經許可，不許轉載。
※本書如有破損、裝訂錯誤，請持購買憑證回原購買處或連同憑證寄回出版社更換。

SHINMAI MAO NO TESTAMENT Vol.6
©Tetsuto Uesu, Nitroplus 2014
First published in Japan in 2014 by KADOKAWA CORPORATION, Tokyo.
Complex Chinese translation rights arranged with KADOKAWA CORPORATION, Tokyo.